D1390347

LES HEURES SOUTERRAINES

Née en 1966, Delphine de Vigan est une auteure française. Ancienne directrice d'études, elle a publié plusieurs romans, dont *No et moi*, Prix des libraires 2008 et adapté en 2010 au cinéma par Zabou Breitman, *Les Heures souterraines* ou encore *Rien ne s'oppose à la nuit*, lauréat en 2011 du Prix du roman Fnac, du Prix du roman France Télévisions, du Prix Renaudot des lycéens et du Grand Prix des lectrices de *Elle*. Ses romans sont traduits dans plus d'une vingtaine de langues.

DELPHINE DE VIGAN

Les Heures souterraines

ROMAN

JC LATTÈS

© Éditions JC Lattès, 2009.
ISBN : 978-2-253-13421-3 – 1re publication LGF

À Alfia Delanoe.

On voit de toutes petites choses qui luisent
Ce sont des gens dans des chemises
Comme durant ces siècles de la longue nuit
Dans le silence et dans le bruit.

(*Comme un Lego*, Gérard Manset)

La voix traverse le sommeil, oscille à la surface. La femme caresse les cartes retournées sur la table, elle répète plusieurs fois, sur ce ton de certitude : le 20 mai, votre vie va changer.

Mathilde ne sait pas si elle est encore dans le rêve ou déjà dans la journée qui commence, elle jette un œil à la pendule du radio-réveil, il est quatre heures du matin.

Elle a rêvé. Elle a rêvé de cette femme qu'elle a vue il y a quelques semaines, une voyante, oui, voilà, sans châle ni boule de cristal, mais une voyante quand même. Elle a traversé tout Paris en métro, s'est assise derrière les rideaux épais, au rez-de-chaussée d'un immeuble du seizième arrondissement, elle lui a donné cent cinquante euros pour qu'elle lise dans sa main, et dans les nombres qui l'entourent, elle y est allée parce qu'il n'y avait rien d'autre, pas un filet de lumière vers lequel tendre, pas un verbe à conjuguer, pas de perspective d'un après. Elle y est allée parce qu'il faut bien s'accrocher à quelque chose.

Elle est repartie avec son petit sac qui se balançait au bout de son bras et cette prédiction ridicule, comme si c'était inscrit dans les lignes de sa paume, son heure de naissance ou les huit lettres de son prénom, comme si cela pouvait se voir à l'œil nu : un homme le 20 mai. Un homme au tournant de sa vie, qui la délivrerait. Comme quoi on peut être titulaire d'un DESS d'économétrie et statistique appliquée et consulter une voyante. Quelques jours plus tard il lui est apparu qu'elle avait jeté cent cinquante euros par la fenêtre, un point c'est tout, voilà à quoi elle a pensé en visant d'un trait rouge les dépenses du mois sur son relevé de compte, et qu'elle se foutait pas mal de ce 20 mai, et des autres jours aussi, à ce rythme-là de toute façon.

Le 20 mai est resté comme une vague promesse, suspendue au-dessus du vide.

C'est aujourd'hui.

Aujourd'hui, quelque chose pourrait se passer. Quelque chose d'important. Un événement qui inverserait le cours de sa vie, un point de disjonction, une césure, inscrite depuis plusieurs semaines à l'encre noire dans son agenda. Un événement majuscule, attendu comme un sauvetage en haute mer.

Aujourd'hui, le 20 mai, parce qu'elle est arrivée au bout, au bout de ce qu'elle peut supporter, au bout de ce qu'il est humainement possible de supporter. C'est écrit dans l'ordre du monde. Dans le ciel liquide, dans la conjonction des planètes, dans la vibration des nombres. Il est écrit qu'aujourd'hui elle serait parvenue exactement là, au point de non-retour, là où plus rien de normal ne peut modifier le cours des heures, là où rien ne peut advenir qui ne menace l'ensemble, ne remette tout en question. Il faut que quelque chose se passe. Quelque chose d'exceptionnel. Pour sortir de là. Pour que ça s'arrête.

En quelques semaines, elle a tout imaginé. Le possible et l'impossible. Le meilleur et le pire. Qu'elle serait victime d'un attentat, au milieu du long couloir qui relie le métro au RER une bombe exploserait, puissante, soufflerait tout, pulvériserait son corps, elle serait éparpillée dans l'air saturé des matins d'affluence, dispersée aux quatre coins de la gare, plus tard on retrouverait des morceaux de sa robe à fleurs et de son passe Navigo. Ou bien elle se casserait la cheville, elle glisserait de manière stupide sur une surface graisseuse comme il faut parfois en contourner, brillante sur les dalles claires, ou bien elle raterait l'entrée de l'escalier roulant et se laisserait tomber, la jambe en équerre, il faudrait appeler les pompiers, l'opérer, visser des plaques et des broches, l'immobiliser pendant des mois, ou bien elle serait kidnappée par erreur, en plein jour, par un groupuscule inconnu. Ou bien elle rencontrerait un homme, dans le wagon ou au Café de la Gare, un homme qui lui dirait madame vous ne pouvez pas continuer comme ça, donnez-moi la main, prenez mon bras, rebroussez chemin, posez votre sac, ne restez pas debout, installez-vous à cette table, c'est fini, vous n'irez plus, ce n'est plus possible, vous allez vous battre, nous allons nous battre, je serai à vos côtés. Un homme ou une femme, après tout, peu importe. Quelqu'un qui comprendrait qu'elle ne peut plus y aller, que chaque jour qui passe elle entame sa substance, elle entame l'essentiel. Quelqu'un qui caresserait sa joue, ou ses cheveux, qui murmurerait comme pour soi-même comment avez-vous fait pour tenir si longtemps, avec quel courage, quelles ressources. Quelqu'un qui s'opposerait. Qui dirait stop. Qui la prendrait en charge. Quelqu'un qui l'obligerait à descendre à la station précédente ou s'installerait en face d'elle au fond d'un bar. Qui regarderait tourner les heures sur l'horloge murale. À midi, il ou elle lui sourirait et lui dirait : voilà, c'est fini.

C'est la nuit, la nuit d'avant ce jour attendu malgré elle, il est quatre heures du matin. Mathilde sait qu'elle ne se rendormira pas, elle connaît le scénario par cœur, les positions qu'elle va adopter l'une après l'autre, la respiration qu'elle tentera d'apaiser, l'oreiller qu'elle calera sous sa nuque. Et puis elle finira par allumer la lumière, prendra un livre auquel elle ne parviendra pas à s'intéresser, elle regardera les dessins de ses enfants accrochés aux murs, pour ne pas penser, ne pas anticiper la journée,

ne pas se voir descendre du train,

ne pas se voir dire bonjour avec l'envie de hurler,

ne pas se voir entrer dans l'ascenseur,

ne pas se voir avancer à pas feutrés sur la moquette grise,

ne pas se voir assise derrière ce bureau.

Elle étire ses membres un à un, elle a chaud, le rêve est encore là, la femme tient sa paume tournée vers le ciel, elle répète une dernière fois : le 20 mai.

Il y a longtemps que Mathilde a perdu le sommeil. Presque chaque nuit l'angoisse la réveille, à la même heure, elle sait dans quel ordre elle va devoir contenir les images, les doutes, les questions, elle connaît par cœur les détours de l'insomnie, elle sait qu'elle va ressasser tout depuis le début, comment ça a commencé, comment ça s'est aggravé, comment elle en est arrivée là, et cet impossible retour en arrière. Déjà son cœur bat plus vite, la machine est en marche, la machine qui broie tout, alors tout y passe, les courses qu'elle doit faire, les rendez-vous qu'elle doit prendre, les amis qu'elle doit appeler, les factures qu'elle ne doit pas oublier, la maison qu'elle doit chercher pour l'été, toutes ces choses autrefois si faciles aujourd'hui devenues si lourdes.

Dans la moiteur des draps elle parvient toujours à la même conclusion : elle ne va pas y arriver.

Il ne va quand même pas pleurer comme un con, enfermé à quatre heures du matin dans une salle de bain d'hôtel, assis sur le couvercle des chiottes.

Il a enfilé le peignoir encore humide que Lila a utilisé à la sortie de sa douche, il respire le tissu, y cherche ce parfum qu'il aime tant. Il s'observe dans le miroir, il est presque aussi blême que le lavabo. Sur le carrelage, ses pieds nus cherchent la douceur du tapis. Lila dort dans la chambre, les bras en croix. Elle s'est endormie après avoir fait l'amour, tout de suite après, elle s'est mise à ronfler doucement, elle ronfle toujours quand elle a bu.

À l'entrée du sommeil, elle a murmuré merci. C'est ça qui l'a achevé. Qui l'a transpercé. Elle a dit merci.

Elle dit merci pour tout, merci pour le restaurant, merci pour la nuit, merci pour le week-end, merci pour l'amour, merci quand il l'appelle, merci quand il s'inquiète de savoir comment elle va.

Elle concède son corps, une partie de son temps, sa présence un peu lointaine, elle sait qu'il donne et qu'elle ne lâche rien, rien d'essentiel.

Il s'est levé avec précaution pour ne pas la réveiller, il s'est dirigé dans l'obscurité vers la salle de bains. Une fois à l'intérieur, il a sorti sa main pour allumer la lumière, il a refermé la porte.

Tout à l'heure, quand ils sont rentrés du dîner, tandis qu'elle se déshabillait, elle lui a demandé :
— De quoi tu aurais besoin ?

De quoi tu aurais besoin, qu'est-ce qui te manque, qu'est-ce qui te ferait plaisir, à quoi tu rêves ? Par une forme d'aveuglement provisoire ou d'irrévocable cécité, elle lui pose souvent ces questions. Ce genre de questions. Avec la candeur de ses vingt-huit ans. Ce soir, il a failli lui répondre :
— Me tenir à la rambarde du balcon et hurler à en perdre haleine, tu crois que ce serait possible ?
Mais il s'est tu.

Ils ont passé le week-end à Honfleur. Ils ont marché sur la plage, traîné en ville, il lui a offert une robe et des nu-pieds, ils ont bu des verres, dîné au restaurant, ils sont restés allongés, rideaux tirés, dans les effluves mêlés de parfum et de sexe. Ils repartiront demain matin aux premières heures du jour, il la déposera devant chez elle, il appellera la base, il enchaînera sur sa journée sans repasser chez lui, la voix de Rose lui indiquera une première adresse, au volant de sa Clio il ira visiter un premier patient, puis un second, il se noiera comme chaque jour dans une marée de symptômes et de solitude, il s'enfoncera dans la ville grise et poisseuse.

Des week-ends comme celui-ci, ils en ont vécu d'autres.

Des parenthèses qu'elle lui accorde, loin de Paris et loin de tout, de moins en moins souvent.

Il suffit de les regarder quand elle marche à côté de lui sans jamais l'effleurer ni le toucher, il suffit de les observer au restaurant ou à n'importe quelle terrasse de café, et cette distance qui les sépare, il suffit de les voir de haut, au bord d'une quelconque piscine, leurs corps parallèles, ces caresses qu'elle ne lui rend pas et auxquelles il a renoncé. Il suffit de les voir ici ou là, à Toulouse, Barcelone ou à Paris, dans n'importe quelle ville, lui qui bute sur les pavés et se prend les pieds dans le rebord des trottoirs, en déséquilibre, pris en faute.

Parce qu'elle dit : qu'est-ce que tu es maladroit.

Alors il voudrait lui dire que non. Il voudrait lui dire avant de te rencontrer j'étais un aigle, un rapace, avant de te rencontrer je volais au-dessus des rues, sans jamais rien heurter, avant de te rencontrer j'étais fort.

Il est comme un con à quatre heures du matin enfermé dans une salle de bains d'hôtel parce qu'il n'arrive pas à dormir. Il n'arrive pas à dormir parce qu'il l'aime et qu'elle s'en fout.

Elle, offerte pourtant, dans l'obscurité des chambres.

Elle qu'il peut prendre, caresser, lécher, elle qu'il peut pénétrer debout, assise, à genoux, elle qui lui

18

donne sa bouche, ses seins, ses fesses, ne lui oppose aucune limite, elle qui avale son sperme à pleine gorge.

Mais en dehors d'un lit, Lila lui échappe, se dérobe. En dehors d'un lit elle ne l'embrasse pas, ne glisse pas sa main dans son dos, ne caresse pas sa joue, le regarde à peine.

En dehors d'un lit, il n'a pas de corps, ou bien un corps dont elle ne perçoit pas la matière. Elle ignore sa peau.

Il respire un par un les flacons posés sur le lavabo, lait hydratant, shampoing, gel douche, disposés dans une corbeille d'osier. Il se passe de l'eau sur la figure, s'essuie avec la serviette pliée sur le radiateur. Il fait le compte des moments passés avec elle, depuis qu'il l'a rencontrée, il se souvient de tout, depuis ce jour où Lila lui a pris la main, à la sortie d'un café, un soir d'hiver où il n'avait pas pu rentrer chez lui.

Il n'a pas cherché à lutter, même pas au début, il s'est laissé glisser. Il se souvient de tout et tout concorde, va dans le même sens, s'il y réfléchit le comportement de Lila indique mieux que toutes les paroles son absence d'élan, sa manière d'être là sans y être, sa position de figurante, sauf peut-être une fois ou deux où il a cru, le temps d'une nuit, que quelque chose était possible, au-delà de ce besoin obscur qu'elle avait de lui.

N'est-ce pas ce qu'elle lui avait dit, ce soir-là ou un autre : j'ai besoin de toi. «Est-ce que tu peux comprendre ça, Thibault, sans que cela relève de l'allégeance ou de la dépendance ? »

Elle l'avait attrapé par le bras et elle avait répété : j'ai besoin de toi.

Maintenant elle le remercie d'être là. En attendant mieux.

Elle n'a pas peur de le perdre, de le décevoir, de lui déplaire, elle n'a peur de rien : elle s'en fout.

Et contre ça, il ne peut rien.

Il faut qu'il la quitte. Il faut que ça s'arrête.

Il a suffisamment vécu pour savoir que cela ne se renverse pas. Lila n'est pas programmée pour tomber amoureuse de lui. Ces choses-là sont inscrites au fond des gens comme des données dans la mémoire morte d'un ordinateur. Lila ne le *reconnaît* pas au sens informatique du terme, exactement comme certains ordinateurs ne peuvent lire un document ou ouvrir certains disques. Il ne rentre pas dans ses paramètres. Dans sa configuration.

Quoi qu'il fasse, quoi qu'il dise, quoi qu'il essaie de composer.

Il est trop sensible, trop épidermique, trop impliqué, trop affectif. Pas assez lointain, pas assez chic, pas assez mystérieux,

Il n'est pas assez.

Les jeux sont faits. Il a suffisamment vécu pour savoir qu'il faut passer à autre chose, mettre un terme, sortir de là.

Il la quittera demain matin, quand le téléphone sonnera pour les réveiller.

Le lundi 20 mai, il lui semble que c'est une bonne date, quelque chose qui sonne rond.

Mais cette nuit encore, comme chaque nuit depuis plus d'un an, il se dit qu'il ne va pas y arriver.

Longtemps Mathilde a cherché le point de départ, le début, le tout début, le premier indice, la première faille. Elle reprenait en ordre inversé, étape par étape, elle revenait en arrière, elle essayait de comprendre. Comment cela était arrivé, comment cela avait commencé. À chaque fois, elle parvenait au même point, à la même date : cette présentation d'étude, un lundi matin, à la fin du mois de septembre.

Au début de tout, il y a cette réunion, aussi absurde que cela puisse paraître. Avant ça, il n'y a rien. Avant ça, tout était normal, suivait son cours. Avant ça, elle était l'adjointe du Directeur Marketing de la principale filiale Nutrition et Santé d'un groupe alimentaire international. Depuis plus de huit ans. Elle déjeunait avec des collègues, allait à la gym deux fois par semaine, ne prenait pas de somnifères, ne pleurait pas dans le métro ni au supermarché, ne mettait pas trois minutes pour répondre aux questions de ses enfants. Elle allait à son travail comme tout le monde, sans vomir un jour sur deux en descendant du train.

Est-ce qu'il suffit de ça, une réunion, pour que tout bascule ?

Ce jour-là, Jacques et elle accueillaient un institut renommé, venu leur présenter les résultats d'une étude sur les usages et attitudes en matière de consommation de produits diététiques, qu'ils avaient commanditée deux mois plus tôt. La méthodologie avait fait l'objet de nombreux débats internes, en particulier le volet prospectif, sur lequel reposaient des choix d'investissement importants. Ils avaient finalement opté pour deux approches complémentaires, qualitative et quantitative, qu'ils avaient confiées au même prestataire. Au lieu de désigner un responsable au sein de l'équipe pour prendre en charge le dossier, Mathilde avait préféré le suivre elle-même. Ils travaillaient pour la première fois avec cet institut dont les méthodes d'enquête étaient relativement nouvelles. Elle avait assisté aux réunions de groupe, s'était déplacée pour écouter les entretiens en face à face, elle avait testé elle-même les relances du questionnaire online, avait demandé, avant la synthèse, à disposer des tris croisés. Elle était satisfaite de la manière dont les choses s'étaient passées, elle en avait tenu Jacques informé, comme elle le faisait toujours lorsqu'ils travaillaient avec un nouveau partenaire. Une première date de restitution avait été fixée, puis une deuxième, au dernier moment Jacques les avait reportées toutes les deux au motif qu'il était débordé. Il tenait absolument à être là. Le montant du budget justifiait, à lui seul, sa présence.

Le jour de la restitution, Mathilde était arrivée en avance pour ouvrir la salle, vérifier que le projecteur fonctionnait et que le plateau des cafés avait bien été préparé. Le Directeur de l'Institut venait lui-même présenter les résultats. De son côté, Mathilde avait convié l'ensemble de l'équipe, les quatre chefs de produit, les deux chargés d'études et le statisticien.

Ils s'étaient assis autour de la table, Mathilde avait échangé quelques mots avec le Directeur de l'Institut, Jacques était en retard. Jacques était toujours en retard. Il avait fini par entrer dans la salle, sans s'excuser, les traits tirés et le rasage approximatif. Mathilde portait un tailleur sombre et ce chemisier de soie claire qu'elle aime bien, elle s'en souvient avec une précision étrange, elle se souvient aussi de la manière dont l'homme était habillé, la couleur de sa chemise, la bague qu'il portait à l'auriculaire, le stylo qui dépassait de la poche de sa veste, comme si les détails les plus insignifiants avaient été inscrits dans sa mémoire, à son insu, avant qu'elle prenne conscience de l'importance de ce moment, de ce qui allait s'y produire, que rien ne pourrait réparer. Après les présentations d'usage, le Directeur de l'Institut avait commencé son exposé. Il maîtrisait parfaitement son sujet, ne s'était pas contenté de réviser une demi-heure plus tôt un dossier préparé par d'autres, comme cela arrivait souvent, il avait commenté la projection sans aucune note, dans un langage d'une exceptionnelle clarté. L'homme était brillant. Et charismatique. C'était rare. Il émanait de lui une forme de conviction qui forçait l'attention, cela s'était senti tout de suite, dans la qualité de l'écoute qui lui avait été accordée par l'équipe et l'absence de remarques en aparté qui parasitaient généralement ce genre de réunions.

Mathilde avait regardé les mains de cet homme, elle s'en souvient, les gestes longs qui accompagnaient son propos. Elle s'était demandé d'où lui venait cet accent léger, à peine perceptible, cette note singulière qu'elle ne parvenait pas à identifier. Elle avait senti très vite que l'homme agaçait Jacques, sans doute parce qu'il était plus jeune, plus grand et au moins aussi bon orateur que lui. Elle avait senti très vite que Jacques se raidissait.

Au milieu de l'exposé, Jacques avait commencé à montrer quelques signes d'impatience, soupirs ostentatoires et « oui, oui » prononcés à voix haute, supposés souligner la lenteur ou la redondance du propos. Puis il s'était mis à regarder sa montre de telle sorte que personne ne pût ignorer son impatience. L'équipe était restée impassible, on connaissait ses humeurs. Plus tard, alors que le Directeur présentait les résultats de l'étude quantitative, Jacques s'était étonné que leur significativité ne figurât pas sur les graphiques projetés. Avec une politesse un peu affectée, le Directeur avait répondu que seuls les résultats dont la significativité était supérieure à 95 % étaient présentés. À la fin de l'exposé, en tant que commanditaire de l'étude, Mathilde avait pris la parole pour remercier du travail fourni. Jacques se devait de dire un mot. Elle s'était tournée vers lui, avait croisé son regard et compris aussitôt que Jacques ne remercierait pas.

En d'autres temps, il lui avait appris combien il importait d'établir des relations de confiance et de respect mutuel avec les prestataires extérieurs.

Mathilde avait posé les premières questions, portant sur quelques points de détail, avant d'ouvrir l'échange.

Jacques avait pris la parole en dernier, les lèvres pincées, avec cette extrême assurance qu'elle lui connaissait bien et, une par une, avait démonté les recommandations de l'étude. Il ne remettait pas en question la fiabilité des résultats, mais les conclusions que l'Institut en avait tirées. C'était habile. Jacques connaissait parfaitement le marché, l'identité des marques, l'histoire de l'entreprise. Pourtant il avait tort.

Mathilde avait pour habitude d'être d'accord avec lui. D'abord parce qu'ils partageaient un certain nombre de convictions, ensuite parce qu'il lui était apparu, dès les premiers mois de leur collaboration, qu'être d'accord avec Jacques était une position à la fois plus confortable et plus efficace. Il ne servait à rien de le prendre de front. De fait, Mathilde parvenait toujours à exprimer ses raisons et ses propres choix, parfois à le faire changer d'avis. Mais cette fois, l'attitude de Jacques lui avait paru d'une telle injustice qu'elle n'avait pu s'empêcher de reprendre la parole. Sur le ton de l'hypothèse, sans le contredire directement, elle avait expliqué en quoi il lui semblait que les orientations proposées, au regard des évolutions du marché et des autres enquêtes effectuées au sein du groupe, méritaient d'être étudiées.

Jacques l'avait regardée, longtemps.

Dans ses yeux, elle n'avait rien lu d'autre que de l'étonnement.

Il n'avait pas renchéri.

Elle en avait conclu qu'il s'était rendu à ses arguments. Elle avait raccompagné le Directeur de l'Institut jusqu'à l'ascenseur.

Il ne s'était rien passé.

Rien de grave.

Il lui avait fallu plusieurs semaines pour revenir à cette scène, se la remémorer dans son intégralité, se rendre compte à quel point chaque détail restait présent à sa mémoire, les mains de l'homme, cette mèche de cheveux qui barrait son front lorsqu'il se penchait, le visage de Jacques, ce qui avait été dit, ce qui était resté dans le silence, les dernières minutes de la réunion, la manière dont l'homme lui avait souri, son expression de reconnaissance, la manière dont il avait ramassé ses affaires, sans empressement. Jacques avait quitté la salle sans le saluer.

Plus tard, Mathilde avait demandé à Éric ce qu'il pensait de la façon dont les choses s'étaient déroulées : avait-elle été blessante, désobligeante, avait-elle dépassé les limites ? À voix basse, Éric lui avait répondu qu'elle avait agi ce jour-là comme aucun d'entre eux n'avait osé le faire, et c'était bien.

Mathilde était revenue à cette scène parce que l'attitude de Jacques à son égard s'était modifiée, parce que plus rien ensuite n'avait été comme avant, parce qu'alors avait commencé un lent processus de destruction qu'elle mettrait des mois à nommer.

Mais à chaque fois revenait cette question : est-ce que cela suffisait, pour que tout bascule ?

Est-ce que cela suffisait pour que sa vie tout entière soit engloutie dans un combat absurde et invisible, perdu d'avance ?

Si elle avait mis si longtemps pour admettre ce qui se passait, l'engrenage dans lequel ils étaient entrés, c'est parce que Jacques, jusque-là, l'avait toujours soutenue. Ils travaillaient ensemble depuis le début, défendaient des positions communes, partageaient la même audace, un certain goût du risque et le même refus de céder à la facilité. Elle connaissait mieux que quiconque ses intonations, le langage de ses gestes, son rire de défense, sa façon de se tenir quand il était en position de force, son incapacité à renoncer, ses contrariétés, ses colères et ses attendrissements. Jacques avait la réputation d'avoir un caractère difficile. On le savait exigeant, sans nuances, et souvent cassant. Les gens le craignaient, s'adressaient plus volontiers à elle qu'à lui, mais reconnaissaient sa compétence. Lorsque Jacques l'avait recrutée, elle n'avait pas travaillé depuis trois ans. Il l'avait choisie parmi les quelques candidats que la DRH avait sélectionnés. Elle était mère de trois enfants et vivait seule – situation qui, jusque-là, lui avait valu d'essuyer plusieurs refus. Elle lui en était redevable. Elle s'était vue associer à la définition du plan marketing, aux décisions majeures concernant l'élaboration des mix produits de chaque marque, à la veille concurrentielle. Peu à peu, elle s'était mise à lui écrire ses discours et à prendre en charge la gestion directe d'une équipe de sept personnes.

Ce jour-là, à la fin du mois de septembre, en l'espace de dix minutes, quelque chose avait basculé. Dans l'organisation précise et performante qui régissait leurs rapports, quelque chose s'était immiscé qu'elle n'avait ni vu ni entendu. Cela avait commencé le soir même, quand Jacques s'était étonné à voix haute, devant plusieurs personnes, de la voir partir à dix-huit heures trente, feignant d'oublier les nombreuses soirées qu'elle avait sacrifiées à l'entreprise pour préparer ses présentations Groupe et les heures passées chez elle à terminer des rapports.

Ainsi s'était enclenchée une autre mécanique, silencieuse et inflexible, qui n'aurait de cesse de la faire plier.

D'abord Jacques avait décidé que les quelques minutes qu'il lui consacrait chaque matin pour faire le point sur les priorités et les dossiers en cours constituaient une perte de temps. Elle n'avait qu'à se débrouiller seule, et le solliciter en cas de besoin. De même, il avait cessé de venir la voir dans son bureau en fin de journée, un rituel qu'il avait instauré depuis des années, une courte pause avant de rentrer chez lui. Sous des prétextes plus ou moins plausibles, il avait évité toute occasion de déjeuner avec elle. Il ne l'avait plus jamais consultée à propos d'une décision, avait cessé de se préoccuper de son avis, n'avait plus jamais fait appel à elle d'aucune manière.

En revanche, dès le lundi suivant, il était venu à la réunion planning qu'elle animait chaque semaine avec l'équipe au complet, à laquelle il ne participait plus depuis longtemps. Il s'était assis de l'autre côté de la table, dans une position d'observation, sans un mot pour justifier sa présence, les bras croisés, le corps renversé sur sa chaise. Et puis il l'avait regardée. Dès la première fois, Mathilde s'était sentie mal à l'aise, parce que ce regard n'était pas un regard de confiance, mais un regard qui la jugeait, qui cherchait la faute.

Puis Jacques avait réclamé le double de certains documents, s'était mis en tête de viser lui-même le travail des chargés d'études et des chefs produit, de relire les rapports et valider l'affectation des ressources sur les différents projets. Ensuite, en diverses occasions, il avait commencé à la contredire devant l'équipe, faisant mine de contenir une vague irritation ou l'air carrément exaspéré, puis devant d'autres personnes, lors des échanges réguliers qu'ils entretenaient avec les différentes Directions de l'entreprise.

Puis il s'était appliqué à remettre systématiquement ses décisions en question, à demander des précisions, réclamer des preuves, des justifications, des arguments chiffrés, à émettre des doutes et des récriminations.

Puis il était venu tous les lundis au planning de l'équipe.

Puis il avait décidé de l'animer lui-même et, par conséquent, qu'elle pouvait s'occuper à autre chose.

Elle avait pensé que Jacques reviendrait à la raison. Qu'il renoncerait à sa colère, laisserait les choses reprendre leur cours.

Cela ne pouvait pas déraper, s'enrayer comme ça, pour rien. Cela n'avait aucun sens.

Elle avait essayé de ne pas modifier sa propre attitude, de mener à bien les projets qui lui avaient été confiés, de maintenir ses relations avec l'équipe malgré le sentiment de malaise qui s'était installé et ne cessait d'augmenter. Elle avait misé sur le temps, le temps qu'il faudrait à Jacques pour passer outre.

Elle n'avait relevé aucune de ses attaques – réflexions ironiques sur ses chaussures ou son nouveau manteau, remarques désobligeantes sur la date de ses congés de Noël ou l'illisibilité soudaine de son écriture –, elle lui avait opposé un silence patient, indulgent.

Elle lui avait opposé la confiance qu'elle avait en lui.

Tout cela, peut-être, n'avait rien à voir avec elle. Jacques traversait une période difficile, éprouvait le besoin de retrouver ses marques, de reprendre la main sur les dossiers qu'il lui avait délégués depuis longtemps. Elle avait même imaginé qu'il était malade, une maladie tenue secrète qui le rongeait en silence.

Par refus de le trahir, elle ne s'était plainte à personne. Elle s'était tue.

Mais Jacques avait continué sur le même mode, chaque jour un peu plus agacé, lointain, brutal.

Peu à peu, Mathilde avait dû admettre qu'en présence ou en l'absence de Jacques, les membres du service ne s'adressaient plus à elle de la même manière, qu'ils adoptaient maintenant avec elle ce ton contrit, emprunté, dès lors qu'il n'était pas loin, à l'exception d'Éric dont l'attitude à son égard n'avait pas changé.

Au mois de novembre, Jacques avait oublié de la convier à la présentation interne de la campagne de publicité que leur agence venait de réaliser pour le lancement d'un nouveau produit. Elle avait appris ce rendez-vous au dernier moment par la secrétaire de Jacques, s'était rendue in extremis dans le bureau du Directeur de la Communication. Elle avait frappé, les avait trouvés tous les deux assis sur le canapé en cuir, face à l'écran plat. Jacques ne l'avait pas regardée, l'autre l'avait saluée de loin. Aucun d'entre eux ne s'était levé ou décalé pour lui laisser une place. Mathilde était restée debout, les bras croisés, tout le temps que cela avait duré, le temps de passer et repasser les trois films, de comparer les images, la voix off et le montage. Ni Jacques ni le Directeur de la Communication ne lui avaient demandé son avis, ils s'étaient comportés tous les deux comme si elle était entrée par effraction ou par erreur et n'avait aucune raison d'être là.

Ce jour-là elle avait compris que l'entreprise de destruction entamée par Jacques ne se limiterait pas à leur propre service, qu'il avait commencé à la discréditer ailleurs et avait tout pouvoir de le faire.

Après cet épisode, pendant plusieurs semaines, elle lui avait réclamé un entretien, par l'intermédiaire de sa secrétaire ou à chaque fois qu'elle l'avait croisé dans un couloir ou à la machine à café. Jacques avait refusé, sur un ton affable, remettant à plus tard, prétextant une semaine trop chargée.

Au mois de novembre, elle avait fini par surgir dans son bureau sans frapper, avait refermé la porte derrière elle et réclamé des explications.

Il ne voyait pas de quoi elle parlait. Vraiment pas. Tout était parfaitement normal. Il faisait son travail. Point. Elle était bien placée pour savoir le montant du budget annuel qu'il gérait, le nombre de choses sur lesquelles il intervenait ou qui reposaient sur lui. Il n'avait pas de temps à perdre avec ses états d'âme. Il avait mieux à faire. Il lui incombait de contrôler, de vérifier, de prendre les bonnes décisions. Elle était compliquée. Elle compliquait tout. Qu'est-ce qui lui prenait ? Avait-elle quelque chose à se reprocher ? Elle avait sans doute besoin de vacances, l'année avait été difficile, il était normal qu'elle s'essouffle. D'ailleurs elle avait l'air tendue. Fatiguée. Personne n'était indispensable, elle le savait bien, elle n'avait qu'à prendre quelques jours, elle y verrait plus clair.

Elle se souvient de sa voix, une voix qu'elle ne lui connaissait pas, dont il avait peine à contenir les accents de haine, une voix qui ne laissait pas de place à un juste retour des choses. Une voix qui la condamnait.

À partir de ce jour Jacques avait cessé de lui adresser la parole.

Mathilde n'avait pas pris de congés. Elle était restée de plus en plus tard au bureau, s'était mise à travailler le week-end. Elle s'était comportée exactement comme si elle était coupable, comme si elle devait réparer une faute grave ou faire ses preuves. Elle avait commencé à se sentir fatiguée, en effet, épuisée même, il lui avait semblé qu'elle travaillait moins vite qu'auparavant, de manière moins efficace. Peu à peu, elle avait perdu son aisance, son assurance. À plusieurs reprises, Jacques avait annulé des déplacements prévus avec elle, il était parti seul ou l'avait remplacée au dernier moment par quelqu'un d'autre. Il avait cessé de l'informer de ses échanges avec la Direction Générale, il avait commencé à oublier de lui fournir des documents, de la convier aux réunions, de la mettre en copie des mails importants. Il avait profité de son absence pour déposer sur son bureau des dossiers surmontés de consignes illisibles griffonnées sur des post-it, puis avait décidé de ne communiquer avec elle que par messagerie interne.

À cela s'était ajoutée une somme de petites choses insignifiantes, sans importance, qu'elle pouvait à peine décrire, qu'elle n'avait pas su raconter. La manière dont il la regardait quand ils se croisaient, la manière dont il ne la regardait pas en présence des autres, la manière dont il lui passait devant pour la précéder, la manière dont il s'asseyait en face d'elle pour l'observer, et la porte de son bureau qu'il s'était mis à fermer à clé lorsqu'il partait plus tôt qu'elle.

Une somme de petites choses insidieuses et ridicules, qui l'avaient isolée chaque jour davantage, parce qu'elle n'avait pas su prendre la mesure de ce qui se passait, parce qu'elle n'avait pas voulu alerter. Une somme de petites choses dont l'accumulation avait détruit son sommeil.

En l'espace de quelques semaines, Jacques était devenu un autre, un autre qu'elle ne connaissait pas.

Parce qu'elle y a passé des nuits entières, parce qu'elle y est revenue des centaines de fois, elle est capable aujourd'hui de nommer ce qui lui arrive. Elle est capable d'en identifier les différentes étapes, le début et l'aboutissement.

Mais c'est trop tard.

Il veut sa peau.

Le jour pénétrait par les rideaux entrouverts.
Thibault s'est assis sur le rebord du lit, le corps
tourné vers la chambre. Pendant quelques minutes
il a regardé Lila dormir, ses cheveux emmêlés, ses
paumes ouvertes, son corps soulevé au rythme de
sa respiration. Le réveil téléphonique n'avait pas
encore sonné. Lila n'avait pas bougé. Ou bien elle
était revenue à cette position étale, offerte, dans
laquelle il l'avait observée quelques heures plus tôt.

Il n'avait pas fermé l'œil. Il avait passé le reste
de la nuit à se retourner, avec cette sensation de
manque ancrée à l'estomac. Ils n'étaient pas égaux.
Ni dans le sommeil, ni dans l'amour.

La longue chaîne en argent descendait entre ses
seins, puis, sous le poids du pendentif, déviait vers
la gauche : la larme lourde gisait sur les draps. Lila
tenait ce bijou d'une autre histoire, n'en évoquait la
valeur qu'à mots couverts. Thibault s'est approché
de son épaule, puis de son cou, il a inspiré profondément. Une dernière fois : l'odeur de sa peau, la
trace tenace de son parfum. Le visage de Lila était
lisse, apaisé, il ne lui connaissait cette expression

que dans le sommeil. Il a tendu sa bouche vers la sienne, au plus près, sans l'effleurer.

Le doute s'est immiscé. Et s'il s'était trompé, depuis le début ? Et si ce n'était qu'une question de rythme, de langage ? Elle avait peut-être besoin de temps. Peut-être l'aimait-elle dans le silence, avec cette distance qui ne cédait que par à-coups, peut-être était-ce sa manière d'aimer, la seule dont elle était capable. Peut-être qu'il n'y avait pas d'autre preuve que celle-ci : leurs corps et leurs souffles, accordés.

Le réveil a sonné. Il était six heures. Lila a ouvert les yeux, elle a souri. Pendant quelques secondes, il a cessé de respirer.

Toujours étendue sur le dos, elle a commencé à caresser son sexe, le gland du bout des doigts, très doucement, sans le quitter des yeux. Son sexe a durci très vite, il a posé sa main droite sur sa joue, s'est levé, s'est enfermé dans la salle de bain. Quand il est revenu dans la chambre, Lila était habillée, elle avait rangé ses affaires en vrac dans son sac. Elle voulait se maquiller avant de partir, il est descendu pour régler la note, s'est installé dans la voiture, fenêtres ouvertes, il s'est répété qu'il allait y arriver.

Il s'est souvenu de ce matin de novembre où il l'avait attendue en vain devant la station de taxi. Ces minutes qui avaient précédé son appel, les vingt fois où il avait regardé sa montre, son prénom enfin affiché sur l'écran de son portable et les mots qu'elle n'avait même pas pris la peine de prononcer. Ils devaient partir en week-end à Prague, il avait tout réservé.

Il s'est souvenu d'une autre fois, une de ces nuits où il percevait combien elle était loin, réfugiée dans l'un de ces territoires intimes auxquels il n'avait pas accès, combien il aurait pu aussi bien ne pas être là et que pour elle, à l'autre bout du lit, cela n'aurait rien changé. En silence, il s'était rhabillé. Au moment où il avait enfilé ses chaussures, elle avait ouvert les yeux. Il avait expliqué. Il ne trouvait pas le sommeil, il allait rentrer chez lui, ce n'était pas grave, d'ailleurs rien n'était grave, au fond. Elle avait fait la moue. Au moment de partir, il avait pris son visage entre ses mains, il l'avait regardée, il avait dit : je t'aime, Lila, je suis amoureux de toi.

Elle avait sursauté, exactement comme sous l'effet d'une gifle, elle s'était écriée : Ah non !

Ce jour-là peut-être il avait compris que rien ne pourrait vivre ni grandir entre eux, rien ne pourrait s'étendre ni s'approfondir, et qu'ils resteraient là, immobiles, dans la surface molle des histoires éteintes. Ce jour-là peut-être il s'est dit qu'un jour il aurait la force de s'extraire et de ne jamais se retourner.

Comme chaque jour depuis des semaines, le réveil sonne alors que Mathilde vient à peine de se rendormir. Elle s'étire sous les draps.

C'est le pire, chaque matin renouvelé : l'instant d'effroi. Être allongée dans son lit et se rappeler ce qui l'attend.

Le lundi, les jumeaux commencent leurs cours à huit heures, elle ne peut pas traîner. Mathilde se lève. Son corps est épuisé. Épuisé avant même de commencer. Son corps ne récupère plus, il s'est vidé de sa matière, de son énergie, son corps s'est transformé en poids mort.

Elle allume la lumière, lisse le drap du plat de la main, tire la couette aux quatre coins. Ses gestes lui semblent lents, maladroits, comme si chacun de ses mouvements devait être pensé pour se produire au bon endroit, au bon moment. Pourtant, cinq jours par semaine, elle parvient à se mettre debout, se diriger vers la salle de bain, enjamber la baignoire et tirer le rideau derrière elle. Sous l'eau tiède, elle s'attarde. Souvent, dans ce bien-être que lui procure la douche, elle retrouve des sensations d'avant, quand sa vie coulait comme de l'eau, quand elle était heureuse d'aller à son travail, quand elle n'avait d'autre préoccupation que de choisir le tailleur ou les chaussures qu'elle allait porter.

Elle s'abandonne à la mémoire du corps. Ce temps lui paraît loin, révolu.

Maintenant, elle donnerait n'importe quoi pour pouvoir fermer les yeux, ne plus penser, ne plus savoir, pour échapper à ce qui l'attend.

Combien de fois a-t-elle souhaité tomber malade, gravement, combien de symptômes, de syndromes, de défaillances a-t-elle imaginés, pour avoir le droit de rester chez elle, le droit de dire je ne peux plus ? Combien de fois a-t-elle songé partir avec ses fils, sans rien devant, sans laisser d'adresse, partir sur les routes avec pour seul bagage le montant de son livret A ? Sortir de sa trajectoire, recommencer une nouvelle vie, ailleurs.

Combien de fois a-t-elle pensé qu'on pouvait mourir de quelque chose qui ressemble à ce qu'elle vit, mourir de devoir survivre dix heures par jour en milieu hostile ?

Elle se sèche avec une serviette, aperçoit une tache sombre à l'arrière de son mollet gauche. Elle se penche, découvre une brûlure, sur trois ou quatre centimètres, profonde. Elle relève la tête, réfléchit. Hier soir, elle était frigorifiée, elle a mis de l'eau à chauffer pour remplir une bouillotte, l'a glissée au fond du lit avant de se coucher. Elle a dû s'endormir comme ça, la peau collée au caoutchouc. Elle s'est brûlée au troisième degré sans s'en rendre compte.

Elle regarde encore une fois la plaie suintante, elle n'en revient pas. Il y a deux mois, elle s'est cassé le poignet en tombant dans l'escalier du métro. Elle s'est résignée à passer une radio au bout d'une semaine, parce qu'elle ne pouvait plus rien tenir ni attraper. L'interne de garde, le cliché levé au-dessus de lui, l'avait sermonnée. Par chance, la fracture n'était pas déplacée. Pour goûter les spaghettis ou les haricots verts, elle trempe ses mains dans l'eau bouillante, d'un geste vif, elle ne sent rien. À croire qu'elle développe une forme de résistance à la douleur. Elle s'est endurcie. Quand elle s'observe dans le miroir, elle le voit bien. Combien ses traits se sont creusés. Il y a en elle quelque chose de fermé, tendu à l'extrême, qu'elle ne parvient plus à délier.

Mathilde cherche dans l'armoire à pharmacie la boîte de pansements, choisit le plus grand modèle, l'applique sur sa peau. Il est sept heures dix et elle doit y arriver. Préparer le petit déjeuner, prendre le métro et le RER, aller à son travail.

Elle doit y arriver parce qu'elle vit seule avec trois enfants, parce qu'ils comptent sur elle pour les réveiller le matin et l'attendent le soir quand ils rentrent de l'école.

Quand elle s'est installée dans cet appartement, elle a poncé, repeint, monté les étagères et les lits superposés, elle a fait face. Elle a retrouvé du travail, elle a conduit les garçons chez le dentiste, aux cours de guitare, au basket et au judo.

Elle est restée debout.

Aujourd'hui ils sont grands et elle est fière d'eux, de ce qu'elle a reconstruit, cet îlot de paix dont les murs sont recouverts de dessins et de photos, perché au-dessus d'un boulevard. Cet îlot où elle a su faire entrer la joie, où la joie est revenue. Ici, tous les quatre, ils ont ri, chanté, joué, ils ont inventé des mots et des histoires, fabriqué quelque chose qui les relie, les rassemble. Souvent elle a pensé qu'elle avait transmis à ses enfants une forme de gaieté, une aptitude à la joie. Souvent elle a pensé qu'elle n'avait rien de plus important à leur offrir que son rire, par-delà l'infini désordre du monde.

Maintenant c'est différent. Maintenant elle est irritable, fatiguée, elle fait des efforts surhumains pour suivre une conversation plus de cinq minutes, s'intéresser à ce qu'ils lui racontent, parfois elle se met à pleurer sans raison, quand elle est seule dans la cuisine, quand elle les regarde dormir, quand elle s'allonge dans le silence. Maintenant elle a mal au cœur dès qu'elle pose un pied par terre, elle griffonne sur des blocs-notes ce qu'elle doit faire, colle sur les miroirs les instructions utiles, les dates, les rendez-vous. Pour ne pas oublier.

Maintenant ses fils la protègent et elle sait que ce n'est pas bien. Théo et Maxime rangent leur chambre sans qu'elle le leur demande, mettent la table, prennent leur douche et enfilent leur pyjama, les devoirs sont faits avant qu'elle rentre et les cartables sont prêts pour le lendemain. Quand il sort avec ses copains le samedi après-midi, Simon l'appelle pour lui dire où il est, s'inquiète de savoir si cela ne la dérange pas, si elle n'a pas besoin qu'il revienne plus tôt pour s'occuper des jumeaux, si elle ne veut pas se promener un peu, voir des amis ou aller au cinéma. Ils l'observent sans cesse, tous les trois, attentifs au ton de sa voix, à ses humeurs, à l'hésitation de ses gestes, ils s'inquiètent pour elle, elle le voit bien, lui demandent plusieurs fois par jour comment elle va. Elle leur a parlé. Au début. Elle leur a dit qu'elle avait des soucis à son travail, que ça allait passer. Plus tard elle a essayé de raconter, leur expliquer la situation, la manière dont elle s'était laissé piéger, peu à peu, et combien il lui était difficile d'en sortir. Du haut de ses quatorze ans, Simon voulait partir sur-le-champ casser la gueule de Jacques, crever les pneus de sa voiture, il réclamait vengeance. Cela l'avait fait sourire, à ce moment-là, cette révolte d'adolescent contre l'injustice faite à sa mère. Mais peuvent-ils comprendre vraiment ? Ils ignorent ce qu'est l'entreprise, son air confiné, ses mesquineries, ses conversations à voix basse, ils ignorent le bruit du distributeur de boissons, celui de l'ascenseur, la couleur grise de la moquette, les amabilités de surface et les rancœurs muettes, les incidents de frontière et les guerres de territoire, les secrets d'alcôve et les notes de service, même pour Simon le travail demeure quelque chose d'abstrait. Et quand elle tente de traduire les choses dans un langage qu'ils peuvent appréhender – *mon chef, la dame qui gère le personnel, le monsieur qui s'occupe des publicités, le grand grand chef* – il lui semble qu'elle leur raconte une histoire de Schtroumpfs barbares s'entretuant en silence dans un village retiré du monde.

Elle n'en parle pas. Même à ses amis.

Au début, elle a essayé de décrire les regards, les retards, les prétextes. Elle a essayé de raconter les non-dits, les soupçons, les insinuations. Les stratégies d'évitement. Cette accumulation de petites vexations, d'humiliations souterraines, de faits minuscules. Elle a essayé de raconter l'engrenage, comment cela était arrivé. À chaque fois, l'anecdote lui a semblé ridicule, dérisoire. À chaque fois, elle s'est interrompue.

Elle a conclu d'un geste vague, comme si tout cela ne hantait pas ses nuits, ne la rongeait pas par petits bouts, comme si tout cela au fond n'avait aucune importance.

Elle aurait dû raconter.

Dès le début. Dès le tout début.

Quand Jacques s'est mis à lui déclarer dès le matin, avec cet accent de sollicitude qu'il sait si bien feindre, vous avez une sale tête. Une première fois, puis une deuxième, à quelques jours d'intervalle. À la troisième, il avait utilisé le mot *gueule* : vous avez une sale gueule. L'air vaguement inquiet.

Et la haine contenue dans ce mot, qu'elle n'avait pas voulu entendre.

Elle aurait dû raconter cette fois où, au fin fond d'une zone industrielle, il l'avait laissée attendre quarante-cinq minutes, « le temps qu'il aille chercher la voiture », alors que le parking était à deux cents mètres.

Elle aurait dû raconter les rendez-vous annulés à la dernière minute, les réunions déplacées sans l'en informer, les soupirs excédés, les remarques piquantes sous couvert d'humour, et ses appels qu'il ne prend plus alors qu'elle le sait dans son bureau.

Des oublis, des erreurs, des agacements qui, isolés les uns des autres, relevaient de la vie normale d'un service. Des incidents dérisoires dont l'accumulation, sans éclat, sans fracas, avait fini par la détruire.

Elle a cru qu'elle pouvait résister.

Elle a cru qu'elle pouvait faire face.

Elle s'est habituée, peu à peu, sans s'en rendre compte. Elle a fini par oublier la situation antérieure, et le contenu même de son poste, elle a fini par oublier qu'elle travaillait dix heures par jour sans lever la tête.

Elle ne savait pas que les choses pouvaient basculer ainsi, sans retour possible.

Elle ne savait pas qu'une entreprise pouvait tolérer une telle violence, aussi silencieuse soit-elle. Admettre en son sein cette tumeur exponentielle. Sans réagir, sans tenter d'y remédier.

Souvent, Mathilde pense au jeu de Chambouletout dont les garçons raffolent. Ces boîtes de conserve vides qu'ils dégomment chaque année à la kermesse de l'école, en visant la base, jusqu'à ce que les dernières s'écroulent.

Elle est la cible et aujourd'hui il ne reste plus rien.

Mais quand elle y réfléchit, le soir, allongée dans son lit ou plongée dans l'eau brûlante d'un bain, elle sait très bien pourquoi elle se tait.

Elle se tait parce qu'elle a honte.

Mathilde ouvre le placard, attrape une culotte, un pantalon, un chemisier. Dans la chambre d'à côté, la radio de Simon s'est déclenchée. Quelques minutes plus tard, il frappe à sa porte, lui propose de réveiller les jumeaux. Mathilde jette un œil à l'heure, elle est dans les temps. Elle entre dans la cuisine, s'arrête un instant pour réfléchir aux gestes qu'elle doit faire, l'ordre dans lequel ils doivent s'accomplir. Elle n'allume pas le vieux transistor. Elle se concentre. Théo et Maxime surgissent derrière elle, lui sautent au cou pour l'embrasser. Leur corps a gardé la chaleur de la nuit, elle caresse leur visage froissé par le sommeil, respire leur odeur. Dans les plis de leur cou, un court instant, l'agencement de sa propre vie lui paraît simple. Sa place est là, auprès d'eux. Le reste n'a pas d'importance. Elle va appeler un médecin, le faire venir jusque chez elle, lui expliquer. Il l'examinera et constatera que son corps n'a plus la force, qu'il ne reste rien, pas un atome, pas une onde. Après son départ elle restera couchée jusqu'à midi et puis elle se lèvera, elle sortira le temps de quelques courses, ou bien elle passera l'après-midi dehors, elle se remplira du bruit des autres, de leurs couleurs, de leur mouvement. Elle préparera un repas dont ses fils raffolent, un repas d'une seule couleur ou dont les mets commencent tous par la même syllabe, elle dressera une jolie table, elle guettera leur retour, elle,

Elle va appeler un médecin. Dès que les garçons seront partis.

En bout de table, à peine assis, Théo commence à parler. Il a toujours été le plus bavard, il connaît des dizaines de blagues, des histoires drôles, tristes ou à dormir debout, des histoires qui font peur. Il réclame le silence. Ce matin, il raconte à ses frères une émission sur les records du *Guinness Book* qu'il a vue il y a quelques jours chez un copain. Mathilde écoute d'abord d'une oreille distraite, elle les observe, tous les trois, ils sont si beaux. Théo et Maxime ont dix ans, cultivent leur différence, Simon est déjà plus grand qu'elle, il a les épaules de son père, cette même façon de se tenir au bord des chaises, en déséquilibre. Leurs rires la ramènent à la conversation. Il est question d'un homme qui détient le record de soutiens-gorge dégrafés en une minute, d'une seule main. Puis d'un autre qui, dans le même temps, parvient à enfiler et retirer quatre-vingts fois son slip.

« Raconte d'autres exploits ! » hurle Maxime, au comble de l'excitation. Théo poursuit. Il y a l'homme qui noue des queues de cerises avec la langue, et celui qui attrape des *Smarties* avec des baguettes. Les deux autres s'esclaffent de concert.

Mathilde les interrompt pour préciser qu'il ne s'agit pas à proprement parler d'exploits, les invite à réfléchir sur la nature de ces performances : n'ont-ils pas le sentiment qu'il y a quelque chose d'humiliant à enlever et remettre son slip des dizaines de fois pour être le champion du monde dans sa catégorie ? Ils réfléchissent, ils acquiescent. Et puis Théo renchérit, avec le plus grand sérieux :

— Oui, mais le type qui coupe des bananes en deux, d'une seule main, comme ça, net, avec la peau, ça c'est un vrai exploit, hein maman ?

Mathilde caresse le visage de Théo, et elle rit.

Alors ils rient aussi, tous les trois, étonnés de l'entendre rire.

Depuis quelques semaines, dans la lumière des petits matins, lorsqu'ils s'asseyent autour de la table de la cuisine, lorsqu'ils espèrent sa voix, cherchent sur son visage le sourire qu'elle n'a plus, et qu'elle ne sait plus quoi leur dire, il lui semble que ses fils la regardent comme une bombe à retardement.

Mais pas aujourd'hui.

Aujourd'hui le 20 mai, ils sont partis tous les trois, sac et cartables sur le dos, rassurés, tranquilles.

Aujourd'hui le 20 mai, elle a commencé la journée par rire.

Lila a posé son sac dans le coffre puis s'est assise à côté de lui. Avant de démarrer, Thibault a appelé la base pour prévenir qu'il prendrait sa garde avec une demi-heure de retard. Rose a dit qu'elle allait se débrouiller avec les autres médecins. La folie n'avait pas encore commencé.

Ils ont roulé en silence. Au bout d'une heure, Lila s'est endormie, la tête appuyée sur la vitre, un fin filet de salive coulait de sa bouche jusqu'à la naissance de son cou.

Il a pensé qu'il l'aimait, il aimait tout d'elle, les fluides, la matière, le goût. Il a pensé qu'il n'avait jamais aimé de cette manière, dans la perte, tout le temps, avec ce sentiment que rien n'était préhensible, que rien ne pouvait être retenu.

À l'approche de Paris, le trafic s'est densifié. À quelques kilomètres de l'entrée du périphérique, ils se sont retrouvés presque à l'arrêt. Coincé derrière un camion, il a revécu chaque moment du dîner de la veille. Il s'est vu, lui, en appui sur la table, le corps penché en avant, tendu vers elle. Et Lila, renversée sur sa chaise, à distance toujours. Il s'est vu, et de quelle manière il s'était enfoncé peu à peu, essayant de donner la bonne réponse aux questions qu'elle n'avait pas cessé de lui poser, qu'est-ce que tu cherches, qu'est-ce que tu veux, de quoi tu as besoin, dans l'idéal, et si ? Questions en rafale pour ne rien dire d'elle, de sa propre quête, pour le confort de son propre silence.

Lui, essayant de faire le beau, d'être drôle et spirituel et sympathique et décontracté.

Lui, dépossédé de son mystère, mis à nu.

Lui : une mouche prise au piège dans un verre.

Il avait oublié à quel point il était vulnérable. Est-ce que c'était ça, être amoureux, ce sentiment de fragilité ? Cette peur de tout perdre, à chaque instant, pour un faux pas, une mauvaise réplique, un mot malencontreux ? Est-ce que c'était ça, cette incertitude de soi, à quarante ans comme à vingt ? Et dans ce cas, qu'existait-il de plus pitoyable, de plus vain ?

Devant chez elle, il a coupé le moteur. Lila s'est réveillée. Il s'est approché pour l'embrasser. Il a glissé sa langue dans sa bouche. Une dernière fois. Il a posé sa main sur sa gorge, à plat, les doigts écartés, il a caressé sa peau, à cet endroit qu'il aime tant, et puis il a dit :

— Je voudrais qu'on arrête de se voir. Je ne peux plus, Lila, je ne peux plus. Je suis fatigué.

Les mots étaient d'une banalité insoutenable. Les mots usés étaient une injure faite à sa douleur. Mais il n'y en avait pas d'autres.

Lila s'est levée, elle a ouvert la portière. Elle est passée derrière la voiture pour accéder au coffre, elle est revenue à sa hauteur, son sac sur l'épaule, elle s'est penchée vers lui et elle a dit : merci.

Et puis après un silence : merci pour tout.

Il n'y avait sur son visage ni douleur ni soulagement, elle est entrée dans l'immeuble sans se retourner.

Il l'avait fait.

Il a prévenu Rose qu'il prenait sa garde, elle lui a donné la première adresse de vive voix : forte fièvre, symptômes grippaux. Elle l'a rappelé quelques minutes plus tard, elle voulait savoir s'il pouvait prendre le secteur six en plus du quatre, sur lequel il était planifié. Frazera s'était cassé le poignet la veille, la fracture était déplacée. Le dispatcheur n'avait pas encore trouvé de médecin pour le remplacer.

Thibault a accepté.

Il vient de se garer sur une livraison, au pied de l'immeuble où on l'attend. Il regarde son téléphone, il sait ce qu'il espère. Il sait que toute la journée il va surveiller l'écran de son portable, guetter le signal des SMS. Avant, la gestion des visites passait par radio. Maintenant, pour des raisons de confidentialité, les *Urgences* disposent d'une flotte de téléphones mobiles et d'un système de numéros raccourcis. À chaque fois que la base lui enverra une nouvelle adresse, il ne pourra s'empêcher d'espérer voir apparaître le prénom de Lila. Pendant des semaines, cette sonnerie sera son tourment.

Il espère lui manquer, comme ça, d'un seul coup. Un vide vertigineux qu'elle ne pourrait ignorer. Il espère qu'au fil des heures elle soit gagnée par le doute, qu'elle prenne peu à peu la mesure de son absence. Il voudrait qu'elle se rende compte que jamais personne ne l'aimera comme il l'aime, par-delà les limites qu'elle impose, cette solitude fondamentale qu'elle oppose à ceux qui l'entourent mais n'évoque qu'à demi-mot.

C'est ridicule. Il est ridicule. Grotesque. Pour qui se prend-il ? En vertu de quelle supériorité, de quelle exception ?

Lila ne reviendra pas. Elle se le tiendra pour dit. À l'heure qu'il est, elle se félicite sans doute de cette issue : facile, légère, servie sur un plateau. Elle sait que les gens qui aiment au-delà de ce qu'on peut leur donner finissent toujours par peser.

Il va rejoindre son premier patient. Quitter le parfum de Lila qui flotte dans l'air. Laisser les fenêtres entrouvertes.

« Il faut arracher la perfusion », lui avait déclaré un soir Frazera, spécialiste des fractures – et pas seulement du poignet. Ils s'étaient retrouvés pour boire un verre, après un long week-end où ils avaient été de garde tous les deux. Aidé par l'onde tiède que la vodka diffusait dans ses veines, Thibault lui avait parlé de Lila : cette sensation d'étreindre quelque chose de soluble, pulvérulent. Cette sensation de refermer ses bras sur le vide : un geste mort.

Frazera avait conseillé la fuite immédiate, le repli stratégique. Et, le regard perdu au fond de son verre, il avait conclu :

— Il y a dans la relation amoureuse une forme de férocité infuse et inépuisable.

Thibault est dans la voiture, au pied d'un immeuble sans caractère, il regarde une dernière fois l'écran de son téléphone, au cas où il aurait manqué le bip.

Il l'a fait. Il a fini par le faire : arracher la perfusion. Il l'a fait et il peut être fier de lui.

Elle a souri. Comme si elle s'y attendait. Comme si elle avait eu tout le temps de s'y préparer.
Elle a dit merci. Merci pour tout.
Peut-on à ce point être aveugle au désespoir de l'autre ?

Au moment où la porte se referme derrière elle, Mathilde plonge la main dans son sac jusqu'à sentir le contact du métal. Elle a toujours peur d'avoir oublié quelque chose, ses clés, son téléphone, son porte-monnaie, son passe Navigo.

Avant, non. Avant, elle n'avait pas peur. Avant, elle était légère, elle n'avait pas besoin de vérifier. Les objets n'échappaient pas à l'attention, ils participaient d'un mouvement d'ensemble, un mouvement naturel, fluide. Avant, les objets ne glissaient pas des meubles, ne se renversaient pas, ne faisaient pas obstacle.

Elle n'a pas téléphoné. Depuis que son généraliste a pris sa retraite, elle n'a plus de médecin de famille. Au moment de composer le numéro qu'elle venait de trouver sur internet, il lui a semblé que cela n'avait aucun sens. Elle n'est pas malade. Elle est fatiguée. Comme des centaines de gens qu'elle croise tous les jours. Alors de quel droit ? Sous quel prétexte ? Faire venir quelqu'un qu'elle ne connaît pas. Elle n'aurait pas su lui dire. Dire simplement : je ne peux plus. Et fermer les yeux.

Elle descend à pied. Dans l'escalier, elle croise Monsieur Delebarre, son voisin du dessous, qui monte chez elle deux fois par semaine parce que les garçons font trop de bruit. Même quand ils ne sont pas là. Monsieur Delebarre prend son air exténué et la salue d'une voix faible. Mathilde ne s'arrête pas, elle laisse glisser ses doigts sur la rampe, ses pas sont sourds sur le tapis de velours. Aujourd'hui elle n'a pas envie de s'arrêter quelques minutes pour parler avec lui, d'être aimable, de maintenir un échange. Elle n'a pas envie de se souvenir que Monsieur Delebarre est veuf et seul et malade, qu'il n'a rien d'autre à faire que d'écouter les bruits qui viennent du dessus, de les multiplier, quitte à les inventer, elle n'a pas envie d'imaginer Monsieur Delebarre perdu dans le silence de son grand appartement.

Elle se connaît. Elle sait où ça la mène. Il faut toujours qu'elle cherche pour les autres des excuses, des explications, des motifs d'indulgence. Elle finit toujours par trouver que les gens ont des bonnes raisons d'être ce qu'ils sont. Mais pas aujourd'hui. Non. Aujourd'hui, elle aimerait pouvoir se dire que Monsieur Delebarre est un con. Parce que c'est le 20 mai. Parce qu'il faut que quelque chose se passe. Parce que cela ne peut pas durer comme ça, le prix est trop lourd. Le prix à payer pour avoir un badge de pointage, une carte de cantine, une carte de mutuelle, un passe trois zones à la RATP, le prix à payer pour s'insérer dans le mouvement.

Dans la fraîcheur matinale, Mathilde longe le square. À cette heure les rues semblent lavées, recommencées, au loin on entend un camion poubelles. Mathilde regarde sa montre, presse le pas, ses talons frappent le trottoir.

Tandis qu'elle s'engage sur le quai du métro, elle remarque aussitôt une densité inhabituelle. Les gens sont debout, agglutinés, sans toutefois dépasser la bande en caoutchouc qui marque la limite au-delà de laquelle il est dangereux de s'approcher. Les quelques sièges disponibles sont occupés, l'air est chargé d'une fébrilité maussade. Mathilde lève les yeux vers le panneau électronique : le temps d'attente pour les prochaines rames a été remplacé par deux traits lumineux. Une voix féminine envahit le quai : « *En raison d'une avarie matérielle, le trafic en direction de Mairie de Montreuil est très perturbé.* »

Quiconque emprunte régulièrement les transports en commun maîtrise la langue singulière de la RATP, ses subtilités, ses idiomes et sa syntaxe. Mathilde connaît les différents cas de figure et leur répercussion probable sur son temps de trajet. Une *avarie technique*, un *problème d'aiguillage*, une *régulation du trafic* entraînent des retards modérés. Plus inquiétant, un *voyageur malade* signifie que quelqu'un, quelque part, dans une autre station, s'est évanoui, a tiré le signal d'alarme ou bien a dû être évacué. Un *voyageur malade* peut perturber *fortement* le trafic. Beaucoup plus inquiétant, un *accident grave de voyageur*, terme communément admis pour désigner un suicide, paralyse le trafic pendant plusieurs heures. Il faut évacuer les morceaux.

À Paris, tous les quatre jours, un homme ou une femme se jette sous le métro. Mathilde l'a lu dans un journal. La RATP reste discrète sur les statistiques exactes, mais depuis longtemps des cellules de soutien psychologique ont été mises en place pour les conducteurs concernés. Certains ne s'en remettent jamais. Ils sont déclarés inaptes, reclassés au guichet ou dans des emplois de bureau. En moyenne, un conducteur est confronté au moins une fois dans sa vie à une tentative de suicide. Est-ce que dans les grandes villes les gens se suicident davantage qu'ailleurs ? Elle s'est souvent posé la question, sans prendre la peine de chercher une réponse.

Depuis quelques mois, quand Mathilde rentre de son travail, il lui arrive d'observer les voies, d'y accrocher son regard, de fixer les cailloux qui tapissent le sol, la profondeur du trou. Parfois elle sent son corps qui bascule en avant, de manière imperceptible, son corps épuisé qui cherche le repos.

Alors elle pense à Théo, Maxime et Simon, l'image s'impose par-dessus les autres, toutes les autres, mouvante et lumineuse, et Mathilde recule, s'éloigne du bord.

Elle essaie de se frayer une place parmi la foule. Il faut mériter son emplacement, son territoire. Il faut respecter l'ordre d'arrivée et la distance admise entre les personnes, laquelle diminue à mesure que le quai se remplit.

Aucun métro n'est annoncé.

Elle n'aura pas le train de 8 h 45, ni celui de 9 h 00, ni même celui de 9 h 15. Elle va être en retard. Et Jacques par le plus grand des hasards se trouvera devant l'ascenseur quand elle en sortira, ou bien à l'entrée de son bureau, il l'aura cherchée partout et n'aura pas manqué de le faire savoir – alors qu'il ne lui a pas adressé la parole depuis trois semaines –, il regardera sa montre, la moue dubitative et les sourcils froncés. Parce que Jacques surveille de près ses horaires, ses absences, guette le faux pas. Parce qu'il habite à cinq minutes en voiture et se fout pas mal du trajet qu'elle accomplit chaque jour, comme la plupart des salariés du site, et du nombre de facteurs objectifs qui peuvent l'empêcher d'être à l'heure.

Pour l'instant, il s'agit de rester du bon côté du quai. Ne pas se laisser entraîner vers le fond, maintenir ses positions. Quand le métro arrivera, bondé, irascible, il faudra lutter. Selon une loi tacite, une forme de jurisprudence souterraine appliquée depuis des décennies, les premiers resteront les premiers. Quiconque tente de s'y soustraire se voit conspué. Au loin, ça gronde, ça vibre, on croit reconnaître le bruit de la rame tant attendue. Mais le tunnel reste vide, privé de lumière. Le panneau électronique n'indique toujours rien. La voix féminine s'est tue. Il fait chaud. Mathilde regarde les autres, hommes et femmes, leurs vêtements, leurs chaussures, leur coiffure, la forme de leurs fesses, elle les observe de dos, de face ou de profil, il faut bien s'occuper. Quand les regards se croisent, elle détourne les yeux. Même en période d'affluence, il subsiste dans les transports en commun quelque chose qui relève de l'intimité, du quant-à-soi, une limite imposée à l'œil faute de pouvoir s'imposer au corps. Alors Mathilde regarde le quai d'en face. Presque vide.

De l'autre côté ça circule, les rames se succèdent à un rythme normal. Il ne faut pas chercher d'explication. En sens inverse, les gens montent dans le métro et arriveront à l'heure à leur travail.

Enfin, Mathilde perçoit un bourdonnement sur la gauche, de plus en plus clair, les visages se tournent, tendus, impatients : le voilà ! Il faut inspirer profondément, plaquer son sac contre sa hanche, vérifier qu'il est bien fermé. Le métro ralentit, s'arrête, il est là. Il dégorge, régurgite, libère le flot, quelqu'un crie « laissez descendre », on se bouscule, on piétine, c'est la guerre, c'est chacun pour soi. Soudain c'est une question de vie ou de mort, monter dans celui-là, ne pas devoir attendre un improbable suivant, ne pas risquer d'arriver plus tard encore à son travail. « Laissez descendre, merde ! » La foule s'écarte à contrecœur, il ne faut pas perdre de vue l'entrée, se tenir à proximité, ne pas se laisser entraîner par le nombre, il faut se positionner sur les côtés, rester près de la porte. Soudain la horde s'engouffre, la précède, elle ne va pas y arriver. Le wagon est déjà plein, il ne reste pas un centimètre carré. Pourtant elle sait qu'elle peut rentrer. Il faut forcer. Il faut tendre le bras, attraper la barre centrale, ignorer les cris et les protestations, s'accrocher et tirer. Tirer de toutes ses forces pour propulser son corps à l'intérieur. Il faut que ça se tasse. Face à sa détermination, on s'incline.

Le signal sonore indique la fermeture des portes. Hormis son bras droit qui dépasse, elle y est presque. La porte se referme par à-coups, ignorant gémissements et lamentations.

Mathilde gagne quatre centimètres avec son pied gauche, elle pousse une dernière fois, elle est dedans.

Sur le quai, une voix féminine annonce que le trafic reprend normalement sur la ligne 9.

Tout est affaire de perspective.

Aux stations suivantes, Mathilde s'enfonce dans le wagon, gagne quelques centimètres supplémentaires, tient bon pour ne pas avoir à descendre.

Il ne faut rien lâcher.

L'air est saturé, les corps ont fusionné en une seule masse, compacte et harassée. Les commentaires ont fait place au silence, chacun prend son mal en patience, le menton se lève vers les vitres ouvertes, les mains cherchent un appui.

Alors Mathilde pense que le 20 mai commence aussi comme ça, dans cette lutte absurde et misérable : neuf stations à tenir, neuf stations asphyxiées, arrachées à la fièvre d'un matin d'affluence, neuf stations à chercher de l'air au milieu de gens qui n'utilisent en moyenne qu'un savon et demi par an.

Soudain, une femme émet des sons étranges, aigus et de plus en plus longs, ni cri ni râle, une plainte plutôt. Elle se tient à la barre centrale, comprimée entre une opulente poitrine et un sac à dos. Le bruit qui sort de la bouche de cette femme est insupportable. On se retourne, on l'observe, on échange quelques regards perplexes. La femme cherche des yeux quelqu'un qui pourrait l'aider. Mathilde parvient à extraire sa main pour la poser sur son bras. Leurs regards se croisent. Elle lui sourit.

La femme cesse de gémir, elle respire fort, son visage est déformé par la peur.

— Vous ne vous sentez pas bien ?

Au moment où elle pose la question, Mathilde prend conscience de son absurdité. La femme ne répond pas, elle fait des efforts surhumains pour ne pas hurler, elle respire de plus en plus fort, elle recommence à gémir, et puis cette fois elle crie. Les commentaires fusent, d'abord à mi-voix, puis plus haut, on n'a pas idée de prendre le métro un jour d'avarie technique quand on est claustrophobe, faites-la descendre, ah non ne tirez pas le signal d'alarme, par pitié, on n'est pas rendu.

La femme est un élément perturbateur, une *avarie* humaine susceptible d'interrompre le trafic.

Mathilde a laissé sa main posée sur le bras de la femme qui tente de lui sourire.

« Je vais descendre avec vous à la prochaine station, il ne reste que quelques secondes, vous voyez, le métro ralentit. »

Le métro s'est arrêté, les portes s'ouvrent, Mathilde précède la femme pour ouvrir le passage, s'il vous plaît, poussez-vous, laissez-la passer, elle tire la femme par la manche.

Elle regarde à quelle station elle se trouve. Sur le quai, en dessous de l'inscription *Charonne*, elle l'oblige à s'asseoir. La femme a l'air de se calmer, Mathilde lui propose d'aller lui chercher un peu d'eau ou quelque chose à manger au distributeur. La femme recommence à s'agiter, elle va être en retard, elle ne peut pas, elle ne peut pas remonter dans le métro, elle vient juste de trouver du travail par une agence d'Intérim, oui, elle est claustrophobe, mais d'habitude ça va, elle y arrive, elle pensait qu'elle pouvait y arriver.

Et puis la femme se met à respirer plus fort, de plus en plus vite, de manière saccadée, elle cherche de l'air, ses membres semblent agités de secousses, ses mains sont accrochées l'une à l'autre dans un geste qu'elle ne maîtrise pas.

Mathilde a demandé de l'aide, quelqu'un est monté jusqu'au guichet. Un homme de la RATP en costume vert-de-gris est descendu. Il a appelé les pompiers. La femme ne peut pas se lever, tout son corps est crispé, soulevé par à-coups, elle respire toujours aussi fort.

Ils attendent.

Le quai est bondé, les agents de la RATP ont créé un périmètre de sécurité, ils sont maintenant trois ou quatre. Autour, les gens s'agglutinent, tendent le cou.

Mathilde a envie de hurler. Elle se voit à la place de cette femme, les images se superposent, pendant un court instant elles sont une seule et même personne, avalée par les néons, recroquevillée près d'un distributeur de friandises.

Et puis Mathilde regarde autour d'elle. Et elle pense que tous ces gens, sans exception, un jour ou l'autre, seront assis là, ou bien ailleurs, et ne pourront plus bouger. Un jour d'effondrement.

Il est descendu dans le métro pour une crise de tétanie à la station *Charonne*. Les pompiers avaient renvoyé l'appel sur la base, ils étaient débordés à cause d'un incendie important dans leur secteur. Rose a lancé un avis général, Thibault était à quelques rues, il s'est arrêté.

En état d'hyperventilation, une femme d'une trentaine d'années était assise sur le quai. Le temps qu'il arrive, elle avait commencé de se calmer. La foule s'était massée autour d'elle, regards curieux, sur la pointe des pieds. La foule ne perdait rien du spectacle. À deux, ils ont réussi à l'emmener dans l'arrière-salle du guichet, où Thibault a pu lui administrer un sédatif. La femme a retrouvé une respiration normale, ses mains se sont déliées. Il était garé en double file, il ne pouvait pas rester. Un agent lui a promis qu'il la conduirait jusqu'au taxi lorsqu'elle aurait récupéré.

Au feu rouge, il regarde autour de lui. Ces gens qui marchent vite, sortent par grappes des bouches de métro, traversent en courant, ces gens qui font la queue devant des distributeurs de billets, fument en bas des immeubles ou devant les cafés. Ces gens qu'il ne peut compter, soumis au flux, à la vitesse, observés à leur insu, aperçus de loin, au coin des rues, une infinité d'identités fragiles qu'il ne peut percevoir dans sa globalité. Derrière son pare-brise, Thibault observe les femmes, ces tenues légères qu'elles ont commencé à porter, robes fluides, jupes courtes, collants fins. Les jambes nues parfois. Leur manière de tenir leur sac, l'anse à la main ou la bandoulière sur l'épaule, leur manière de marcher sans voir personne, ou bien d'attendre le bus, le regard vague.

Soudain, il pense à cette fille qui était arrivée au lycée l'année de sa terminale. Sur une table, il avait gravé son prénom. Elle venait de Caen. Ou d'Alençon peut-être. Il pense à cette fille, maintenant. Ses cheveux fins. Ses bottes cavalières et son allure de garçon. C'est étrange. Penser à cette fille, maintenant. Il avait été amoureux d'elle. De son reflet dans le regard des autres. Ils ne se parlaient pas. Ils n'appartenaient pas aux mêmes groupes. Penser à cette fille, plus de vingt ans après. Se dire : c'était il y a vingt ans… et puis compter jusqu'à vingt-cinq. C'était il y a vingt-cinq ans. Avant, quand sa main gauche possédait encore cinq doigts.

C'était il y a vingt-cinq ans. Ces mots sonnent comme une erreur de frappe, une mauvaise plaisanterie. Est-ce qu'on peut dire ça, sans tomber de sa chaise : « c'était il y a vingt-cinq ans » ?

Il a quitté Lila. Il l'a fait. Il y a dans cette affirmation quelque chose qui relève de l'exploit, de la performance.

Pourtant la plaie d'amour contient en elle tous les silences, les abandons, les regrets, et tout cela, au fil des années, s'additionne pour former une douleur générique. Et confuse.

Pourtant la plaie d'amour ne promet rien : ni après, ni ailleurs.

Sa vie est diffractée. De loin, elle semble posséder une unité, une direction, on peut la raconter, décrire ses journées, le découpage des heures et des semaines, suivre ses déplacements. On connaît son adresse, les habitudes qu'il combat, les jours où il va au supermarché, les soirs où il ne peut rien faire d'autre qu'écouter de la musique. Mais de près sa vie se brouille, se divise en fragments, il manque des pièces.

De près, il n'est qu'un Playmobil encastré dans sa voiture, les mains accrochées au volant, un petit être en plastique qui a perdu son rêve.

Le chef de station avait annoncé l'arrivée imminente d'un médecin. Une nouvelle rame grondait sur la gauche, Mathilde n'a pas attendu. Elle avait déjà beaucoup de retard. Elle a laissé la femme assise sur son siège, prise en charge par d'autres. Elle semblait un peu moins contractée mais ne pouvait toujours pas se lever. La femme a dit merci. Mathilde est montée dans le métro. Elle a forcé le passage, calé son dos contre un strapontin. Elle était au bon endroit. À *Nation*, elle est descendue, parmi la foule impatiente elle s'est frayé un chemin, elle a emprunté les couloirs de correspondance et rejoint la ligne 1. Le trafic semblait normal. Elle a attendu moins d'une minute le métro suivant, puis elle est descendue à la station *Gare de Lyon*.

Cette fois, Mathilde se dirige vers le RER. Elle ne regarde pas l'heure. Elle connaît par cœur les couloirs, les escaliers, les raccourcis, ce monde souterrain tissé comme une toile dans les profondeurs de la ville. Pour rejoindre la ligne D, Mathilde emprunte depuis huit ans la longue galerie qui passe en dessous de la gare, où se croisent chaque jour quelques milliers de personnes : deux colonnes d'insectes, déversées par vagues sur les dalles glissantes, une voie rapide à double sens dont il faut respecter le rythme, la cadence. Les corps se frôlent, s'évitent, parfois se heurtent, dans une étrange chorégraphie. Ici s'opère un vaste échange entre le dedans et le dehors, entre la ville et sa banlieue. Ici, on est pressé, on marche vite, on va à son travail, madame.

Avant, Mathilde faisait partie des plus rapides, elle déboîtait sur la gauche, doublait d'un pas sûr et conquérant. Avant, elle s'agaçait quand le flot ralentissait, pestait contre les lents. Aujourd'hui elle leur ressemble, elle sent bien qu'elle n'est plus capable de suivre le rythme, elle traîne, elle n'a plus l'énergie. Elle plie.

À l'autre bout de la galerie, en bas des escaliers roulants, les portillons automatiques marquent l'entrée du RER. Il faut ressortir son ticket ou son passe Navigo, franchir la frontière. Dans cette zone incertaine, plus profonde encore, on peut acheter un croissant ou un journal, boire un café debout.

Pour accéder aux voies 1 et 3, il faut descendre plus bas, s'enfoncer dans les entrailles de la cité. Ici, la RATP et la SNCF se partagent le territoire. Le voyageur de la ligne D ignore ce qui relève de l'une ou de l'autre, il évolue comme il peut dans ce périmètre commun, au point de jonction, d'interconnexion, il tâtonne, tel un otage abandonné à lui-même dans un entre-deux mondes.

Comme les autres, Mathilde a appris au fil du temps une autre langue encore, ses rudiments, elle a acquis quelques réflexes salutaires et admis les règles élémentaires nécessaires à sa survie. Les trains portent des noms, composés de quatre lettres majuscules, affichés à l'avant de la locomotive. Le nom du train s'appelle une *mission*.

En direction de Melun, pour rejoindre son travail, Mathilde emprunte tous les jours le RIVA. Ce n'est pas un bateau en acajou aux lignes pures, ni la promesse d'une autre rive. Seulement un train bruyant sali par la pluie. Si elle le rate, elle prend le ROVO ou le ROPO. Mais si elle monte par erreur dans un BIPE, un RIPE ou un ZIPE, c'est la catastrophe : ces trains sont sans arrêt jusqu'à Villeneuve-Saint-Georges. Et le NOVO ne s'arrête qu'à Maisons-Alfort. La difficulté réside dans le fait qu'ils circulent tous sur les mêmes voies.

Suspendus au plafond comme des téléviseurs d'hôpitaux, les écrans bleus dressent la liste des prochains trains, leur destination finale, l'heure à laquelle ils sont attendus et leur retard éventuel. Le retard peut être évalué en minutes, au cas par cas, ou bien la mention *train retardé* clignote sur toutes les lignes – ce qui est très mauvais signe. Les panneaux d'affichage électronique, plus anciens, sont situés en différents endroits du quai. Ils se contentent d'annoncer la mission du prochain départ et les gares desservies, signalées par un carré blanc. À ces différentes sources d'information s'ajoutent un certain nombre d'annonces aléatoires, délivrées par une voix synthétique. Généralement contraires à celles des écrans ou des panneaux. Si les haut-parleurs annoncent un ROPO, il n'est pas rare que la signalisation à quai prévoie l'arrivée d'un RIPE.

Le voyageur de la ligne D reçoit par conséquent un certain nombre d'injonctions contradictoires. Avec un peu d'expérience, il apprend à faire le tri, à rechercher confirmation, à considérer différents paramètres pour prendre une décision. Le novice, le voyageur d'un jour arrivé là par hasard, regarde de tous côtés, s'affole et appelle au secours.

Mathilde a la tête de quelqu'un à qui on demande des renseignements. Depuis toujours, on l'arrête dans la rue, on baisse sa vitre quand elle passe, on s'approche d'elle avec cet air embarrassé. Alors Mathilde explique, tend les bras, montre le chemin.

Il est neuf heures et demie, les portes du ROVO se sont refermées sous son nez, elle devra attendre le prochain train, dans un quart d'heure. Au bout du quai, l'odeur d'urine domine, mais c'est le seul endroit où s'asseoir. Elle est fatiguée. Certains jours, tandis qu'elle guette le bruit du train, les fesses collées au plastique orange, elle se demande au fond s'il ne serait pas plus doux de rester là, toute la journée, dans les entrailles du monde, laisser couler les heures inutiles, vers midi remonter d'un niveau pour acheter un sandwich, redescendre, reprendre sa place. S'extraire du flot, du mouvement.

Capituler.

Le ROPO est arrivé, elle a hésité une seconde et puis elle est entrée dans le wagon. Une fois assise elle a fermé les yeux, elle ne les a rouverts que quand le train est ressorti à la surface. Le temps était clair.

Huit minutes plus tard, au *Vert-de-Maisons*, elle est descendue du wagon, s'est dirigée vers le principal portillon de sortie. Un goulot d'étranglement devant lequel les voyageurs s'entassent et forment bientôt une file, comme devant une caisse d'hypermarché. Elle a attendu derrière les autres que vienne son tour, elle a respiré à pleins poumons l'air du dehors.

Mathilde s'engage dans l'escalier, rejoint le tunnel qui passe sous les voies, remonte vers la rue.

Elle fait chaque jour ce trajet depuis huit ans, chaque jour les mêmes marches, les mêmes tourniquets, les mêmes souterrains, les mêmes regards jetés aux horloges, chaque jour sa main se tend au même endroit pour tenir ou pousser les mêmes portes, se pose sur les mêmes rampes.

Exactement.

Au moment où elle sort de la gare, il lui semble qu'elle a atteint sa propre limite, un point de saturation au-delà duquel il n'est pas possible d'aller. Il lui semble que chacun de ses gestes, chacun de ses mouvements, parce qu'il a été répété plus de trois mille fois, menace son équilibre.

Alors qu'elle a vécu des années sans y penser, aujourd'hui cette répétition lui apparaît comme une forme de violence faite au corps, une violence silencieuse capable de la détruire.

Mathilde a plus d'une heure de retard, elle ne se dépêche pas, n'accélère pas le pas, elle n'appelle pas pour prévenir qu'elle est sur le point d'arriver. De toute façon, tout le monde s'en fout. Peu à peu, Jacques a réussi à lui enlever tous les projets importants sur lesquels elle travaillait, à l'éloigner de tout enjeu, à réduire au minimum ses échanges avec l'équipe. À grand renfort de réorganisations, de redéfinition des missions et des périmètres, il est parvenu en quelques mois à la dépouiller de tout ce qui constituait son poste. Sous des prétextes divers de plus en plus obscurs, il a réussi à l'écarter des rendez-vous qui auraient pu lui permettre de se maintenir informée, de s'intégrer dans d'autres projets. Début décembre, Jacques lui a adressé un mail pour lui signaler qu'elle devait impérativement solder les deux jours de RTT qu'elle n'avait pas pris sur l'année en cours. Il a attendu la veille de son départ pour fixer au lendemain un pot impromptu réunissant tout l'étage. Il a repoussé dix fois la date de son entretien annuel d'évaluation, a fini par lui annoncer que celui-ci n'avait plus lieu d'être, sans autre explication.

Dans la rue qui longe les voies, Mathilde s'est arrêtée. Elle fait face à la lumière, le temps de sentir le soleil sur son visage, de laisser cette tiédeur caresser ses yeux, ses cheveux.

Il est plus de dix heures et elle pousse la porte de la Brasserie de la gare.

Il est plus de dix heures et elle s'en fout.

Bernard, torchon sur l'épaule, l'accueille avec un large sourire, « alors la miss, on t'a pas vue vendredi, pour le Loto ? »

Maintenant elle joue au Loto deux fois par semaine, lit son horoscope dans *Le Parisien* et consulte des voyantes.

— J'avais pris ma journée pour accompagner la sortie scolaire de mon fils au Château de Versailles. L'instit' avait besoin de parents.

— C'était bien ?

— Il a plu toute la journée.

Bernard émet un grognement de compassion, se retourne vers le percolateur pour lui préparer un café.

Mathilde se dirige vers une table. Aujourd'hui c'est le 20 mai, alors elle ne va pas rester debout. Aujourd'hui, le 20 mai, elle va s'asseoir parce qu'elle a mis plus d'une heure trente pour arriver et qu'elle porte des talons de huit centimètres.

Elle va s'asseoir parce que personne ne l'attend, parce qu'elle ne sert plus à rien.

Bernard pose la tasse devant elle, tire la chaise de l'autre côté de la table.

— C'est petite mine, hein, ce matin ?

— C'est petite mine tous les jours.

— Ah non, la semaine dernière, quand on t'a vue entrer avec ta robe toute fluide, toute légère, on s'est dit que ça sentait le printemps ! Hein, pas vrai, Laurent ? C'est le printemps, Mathilde, tu vas voir, et la roue tourne comme le bas des robes à fleurs.

Les gens gentils sont les plus dangereux. Ils menacent l'édifice, entament la forteresse, un mot de plus et Mathilde pourrait se mettre à pleurer. Bernard est repassé derrière son comptoir, il s'affaire, lui adresse de temps à autre un sourire ou un clin d'œil. À cette heure le café est presque vide, il prépare les sandwichs et les croque-monsieur, le coup de feu du déjeuner. Il chantonne un air qu'elle connaît sans le reconnaître, une de ces chansons d'amour où il est question de souvenirs et de regrets. Les habitués, accoudés au comptoir, le regard dans le vague, écoutent dans un silence religieux.

Mathilde fouille dans son sac à la recherche de son porte-monnaie. Sans succès. D'un geste brusque, agacé, elle en renverse le contenu sur la table. Au milieu des objets étalés devant elle – clés, Nautamine, rouges à lèvres, rimmel, paquets de Kleenex, tickets restaurants – elle découvre une enveloppe blanche, sur laquelle elle reconnaît l'écriture de Maxime : *Pour maman*. Elle déchire le rabat. À l'intérieur, elle aperçoit une de ces cartes à la mode qui ont envahi les cours d'école, que ses fils achètent à prix d'or par paquets de cinq ou de dix. Des cartes avec lesquelles ils s'affrontent à longueur de journée et qu'ils passent leur temps à s'échanger. Mathilde commence par déplier le petit mot qui accompagne la carte. D'une écriture appliquée, sans aucune faute d'orthographe, son fils a écrit : « *Maman, je te donne ma carte du "Défenseur de l'Aube d'Argent", elle est très rare mais c'est pas grave, je l'ai en double. Tu vas voir, c'est une carte héros qui te protège pour toute ta vie.* »

Le Défenseur de l'Aube d'Argent porte une armure somptueuse et brillante, il se détache sur un fond sombre et tourmenté, de la main gauche il tient une épée, tandis que de l'autre il brandit un bouclier immaculé face à l'ennemi qu'on ne voit pas. *Le Défenseur de l'Aube d'Argent* est beau et digne et courageux. Il n'a pas peur.

Sous l'image, on peut lire le nombre de points que la carte représente, ainsi qu'un court texte qui résume sa vocation. « *Le Défenseur de l'Aube d'Argent combat sans pitié toutes les manifestations du mal qui infectent Azeroth.* »

Mathilde sourit.

Au verso, sur un fond ocre recouvert de nuages opaques, le nom du jeu est inscrit en caractères gothiques : *World of Warcraft*.

Il y a quelques jours, Théo et Maxime lui ont expliqué que les cartes *Pokémon* et *Yugi-Ho*, dans lesquelles ils ont englouti tout leur argent de poche depuis des mois, sont désormais dépassées. Has been. Reléguées au placard. Maintenant « tout le monde » possède des cartes *World of Warcraft*, et « tout le monde » ne joue plus qu'à ça. Privés de cartes *WOW*, ses fils étaient devenus par conséquent des ringards, des moins que rien, des démunis.

Samedi dernier, Mathilde leur a acheté deux paquets chacun, ils étaient fous de joie. Ils ont fait quelques échanges entre eux, ont défini des stratégies d'attaque et de défense, se sont entraînés toute la journée pour leurs prochains combats. Des combats virtuels menés dans les cours d'école, à même le sol, auxquels elle ne comprend rien.

Mathilde glisse *Le Défenseur de l'Aube d'Argent* dans la poche de sa veste. La carte lui a donné le courage de se lever. Elle laisse la monnaie sur la table, range ses affaires dans son sac, salue Bernard d'un signe de la main, pousse la porte du café.

À des centaines de mètres de hauteur, elle tangue, se rattrape, avance l'autre pied. Le moindre souffle, le plus petit éblouissement, peut la faire basculer. Elle est parvenue à ce point de fragilité, de déséquilibre, où les choses ont perdu leur sens, leurs proportions. À ce point de perméabilité où le plus infime détail peut la submerger de joie ou bien l'anéantir.

Vêtue d'une robe de chambre en velours, une femme d'une cinquantaine d'années lui a ouvert. Dès qu'elle a vu Thibault, son visage s'est éclairé.

— Encore vous ?

Ni l'adresse, ni l'endroit, et encore moins le visage de cette femme ne lui étaient familiers.

— Pardon ?

— Eh bien, c'est vous qui êtes venu il y a quinze jours.

Il n'a pas démenti. Il a pensé que cette femme le confondait avec un autre médecin. Il est entré derrière elle, il a regardé autour de lui. Le buffet du salon, les bibelots de porcelaine, l'épaisseur des rideaux de la chambre ne lui évoquaient rien non plus. Pas plus que le corps maigre de cette femme, sa chemise de nuit en nylon rose, ses ongles immenses et peints. Après l'avoir auscultée, Thibault lui a demandé si elle avait conservé l'ordonnance précédente pour prendre connaissance du traitement qui lui avait été prescrit. Le papier à en-tête était à son nom. Il est resté quelques secondes à regarder la prescription, sa propre écriture et cette date du

8 mai, à laquelle il avait effectivement pris une garde de sept heures à dix-neuf heures.

Lors d'une garde, il n'est pas rare qu'il voie au moins deux ou trois patients qu'il connaît. Mais en temps normal, il s'en souvient.

La femme présentait tous les symptômes d'une surinfection bronchique. Il a rédigé une nouvelle ordonnance de la main droite, comme il le fait depuis des années, alors qu'il est gaucher. Il a regardé une dernière fois autour de lui. Il aurait mis sa main à couper – ou ce qu'il en reste – qu'il n'avait jamais posé le pied dans cet appartement. Pourtant il y était venu douze jours plus tôt.

Il n'a que huit doigts. Cinq d'un côté et trois de l'autre. Cela fait partie de lui, cette partie qui lui manque, quelque chose qui se définit par la soustraction. C'est un moment de sa vie, une date, une heure approximative. Un moment inscrit dans son corps. Retranché plutôt. C'est un samedi soir, alors qu'il terminait sa deuxième année de médecine.

Thibault étudiait à Caen, il rentrait un week-end par mois chez ses parents. Il retrouvait ses copains de lycée autour d'un verre, plus tard ils allaient à la Maréchalerie, une discothèque de la région, à une trentaine de kilomètres de chez lui. Ils s'engouffraient à quatre ou cinq dans la camionnette de Pierre, ils buvaient des alcools forts accoudés au bar, dansaient sur la piste, regardaient les filles. Ce soir-là, Pierre et lui s'étaient disputés à propos de rien, et puis le ton était monté, quelque chose avait surgi entre eux qui venait de loin. Il était en faculté de médecine et Pierre avait raté son bac, il vivait à Caen et Pierre travaillait dans la station-service de son père, il plaisait aux filles qui remarquaient ses mains fines, Pierre mesurait près de deux mètres et pesait cent vingt kilos. Pierre était ivre mort. Il avait poussé Thibault à plusieurs reprises, il hurlait par-dessus la musique : j'en ai rien à foutre de ta belle petite gueule de fils de bonne famille. Le vide s'était fait autour d'eux. On leur avait demandé de partir. Vers trois heures du matin, ils sont montés dans la camionnette, Thibault s'est assis sur le siège passager, les deux autres derrière. Pierre est resté à l'extérieur, furieux, il refusait de prendre le volant tant que Thibault n'était pas descendu. Qu'il se casse. Qu'il se démerde. Il n'avait qu'à rentrer à pied. La portière du côté de Thibault était ouverte, Pierre se tenait devant lui et exigeait qu'il sorte. Ils ont parlementé encore quelques minutes, la voix des deux autres protestant par-dessus la leur. Au même moment, ils ont renoncé. Thibault a pris appui sur l'encadrement pour sortir, Pierre a claqué la portière avec une violence inouïe. La camion-nette a tremblé, Thibault a hurlé. Refermée sur sa main, la portière était bloquée. Chacun à son tour, ils ont tiré, secoué, donné des coups de pied. À l'intérieur, Thibault luttait pour ne pas perdre connaissance. Il ne sait pas combien de temps ils sont restés comme ça, dans l'affolement et la confu-sion, leurs gestes pourtant ralentis par l'alcool, les insultes qui fusaient de part et d'autre, et lui, seul dans l'habitacle, la main prise par la tôle. Une demi-heure, une heure, peut-être plus. Peut-être qu'il s'est évanoui. Quand ils ont réussi à ouvrir, la main de Thibault était littéralement aplatie et deux de ses doigts pendaient au niveau de l'articulation métacarpo-phalangienne. Ils ont roulé vers la ville la plus proche. À l'hôpital, ils ont attendu le chirurgien de garde.

Les deux doigts n'étaient plus vascularisés et trop abîmés pour envisager une opération de réparation ou de réimplantation. Quelques jours plus tard, il a fallu l'amputer de l'auriculaire et de l'annulaire gauches : deux choses mortes et tuméfiées dont il ne resterait rien d'autre qu'une surface lisse et blanche, au-dessus de la paume.

Son rêve avait été tranché. Net. Son rêve gisait au fond d'une poubelle dans un hôpital de province dont il n'a jamais oublié le nom. Il ne serait pas chirurgien.

Après son internat, Thibault a commencé par remplacer le médecin du village où il avait grandi, une semaine par mois et deux mois l'été. Le reste du temps, il travaillait pour un réseau d'assistance à domicile. Quand le docteur M. est mort, Thibault a repris sa clientèle.

Il consultait le matin à son cabinet et réservait l'après-midi pour les visites. Il rayonnait sur un périmètre d'une vingtaine de kilomètres, remboursait son emprunt, déjeunait le dimanche chez ses parents. À Rai dans l'Orne, il est devenu un homme respectable, salué au marché et sollicité pour faire partie du *Rotary Club*. Un homme qu'on appelait docteur et auquel on présentait des jeunes filles de bonne famille.

Les choses auraient pu continuer ainsi, suivre leur tracé en pointillé. Il aurait pu épouser Isabelle, la fille du notaire, ou bien Élodie, la fille de l'agent *Groupama* de la ville voisine. Ils auraient eu trois enfants, il aurait agrandi la salle d'attente, refait la peinture, acheté un monospace et trouvé un remplaçant pour partir l'été.

Les choses sans doute auraient été plus douces.

Au bout de quatre ans, Thibault a revendu le cabinet. Il a mis quelques affaires dans une valise, il a pris le train.

Il voulait la ville, son mouvement, l'air saturé des fins de journée. Il voulait l'agitation et le bruit.

Il a commencé à travailler aux *Urgences Médicales de Paris*, d'abord en tant que remplaçant, puis comme temporaire, puis comme actionnaire. Il a continué d'aller et venir, ici ou là, au gré des appels des patients et de ses périmètres de garde. Il n'est jamais reparti.

Peut-être qu'il n'a rien d'autre à donner qu'une ordonnance écrite au stylo bleu sur un coin de table. Peut-être qu'il ne sera jamais rien d'autre que celui qui passe et s'en va.

Sa vie est ici. Même s'il n'est dupe de rien. Ni de la musique échappée des fenêtres, ni des enseignes lumineuses, ni des éclats de voix autour des téléviseurs les soirs de foot. Même s'il sait depuis longtemps que le singulier l'emporte sur le pluriel, et combien les conjugaisons sont fragiles.

Sa vie est dans sa Clio pourrie, avec ses bouteilles en plastique vides et les papiers de *Bounty* froissés à ses pieds.

Sa vie est dans cet incessant va-et-vient, ces journées harassées, ces escaliers, ces ascenseurs, ces portes qu'on referme derrière lui.

Sa vie est au cœur de la ville. Et la ville, de son fracas, couvre les plaintes et les murmures, dissimule son indigence, exhibe ses poubelles et ses opulences, sans cesse augmente sa vitesse.

La tour scintillante s'élevait dans la lumière du printemps. Une barre de nuages se reflétait sur les parois vitrées, le soleil semblait filtrer par en dessous, diffracté.

De loin Mathilde a reconnu Pierre Dutour, Sylvie Jammet et Pascal Furion, ils fumaient leur cigarette au bas de l'immeuble. Quand elle est arrivée à leur hauteur, ils se sont tus.

Ça a commencé là, dans ce silence.

Ce silence de quelques secondes, ce silence d'embarras. Ils se sont regardés, Sylvie Jammet s'est mise à chercher dans son sac, ils ont fini par répondre, bonjour Mathilde, ils ont fait mine de poursuivre leur conversation mais quelque chose était resté suspendu, entre eux, entre elle et eux. Mathilde est entrée dans l'immeuble, elle a sorti sa carte, l'a présentée devant la pointeuse qui affichait 10 h 45, elle a attendu le bip et vérifié l'écran : MATHILDE DEBORD : ENTRÉE PRISE EN COMPTE. Elle s'est dirigée vers le distributeur de boissons, a introduit la monnaie dans la fente, appuyé sur sa sélection, elle a regardé le gobelet tomber et le liquide couler. Elle a attrapé le café, elle est passée devant le service informatique, Jean-Marc et Dominique l'ont saluée d'un signe de la main, elle a répondu de la même manière, ils ne se sont pas interrompus. La porte vitrée du service logistique était ouverte, Laetitia se tenait assise à son bureau, le combiné du téléphone collé à l'oreille, il lui a semblé qu'elle évitait son regard.

Quelque chose ne tournait pas rond, quelque chose échappait au rituel.

Quelque chose s'était étendu, propagé.

Mathilde a appuyé sur le bouton de l'ascenseur, elle a suivi la progression de la cabine sur l'écran lumineux. Au moment où les portes se sont ouvertes, Laetitia est sortie en trombe de son bureau, s'est engouffrée derrière elle. Elles se sont embrassées. Entre le premier et le deuxième étage, Laetitia a stoppé l'ascenseur. Sa voix tremblait.

— Mathilde, il t'a remplacée.

— Comment ça ?

— Vendredi, quand tu n'étais pas là, la fille de la Com, celle qui était en stage, elle a pris ton bureau.

Mathilde est restée sans voix. Cela n'avait aucun sens.

— Ils ont déménagé tes affaires, ils l'ont installée là, à ta place, pour de bon. Nadine m'a dit qu'elle était recrutée en CDI.

— Mais à quel poste ?

— Je ne sais pas, je n'ai pas pu en savoir plus.

Laetitia a débloqué la cabine. Mathilde entendait sa respiration dans le silence. Il n'y avait rien à ajouter.

Au quatrième, Mathilde est sortie de l'ascenseur. Au moment où les portes se refermaient, elle s'est retournée, elle a dit merci.

Mathilde s'est avancée dans le couloir, elle est passée devant l'open space, ils étaient tous là, Nathalie, Jean, Éric et les autres, à travers la vitre elle les a vus, absorbés, affairés, dans un état de grande concentration, aucun d'entre eux n'a relevé la tête. Elle était devenue une ombre, impalpable, transparente. Elle n'existait plus. La porte de son bureau était ouverte, elle a tout de suite remarqué que son poster de Bonnard avait disparu. À la place on distinguait un rectangle clair.

La fille était là, en effet, assise sur *sa* chaise, devant *son* ordinateur. Sa veste était accrochée au portemanteau. Elle avait pris possession du territoire. Étalé ses dossiers. Mathilde s'est efforcée de sourire. La fille a répondu d'une voix faible à son bonjour, sans la regarder. Elle s'est précipitée sur le téléphone pour composer le numéro interne de Jacques.

— Monsieur Pelletier, Mathilde Debord est là.

Il est arrivé derrière elle, il portait son costume noir, celui des grands jours, il a regardé l'heure à la pendule murale, lui a demandé si elle avait eu un problème. Tout le monde la cherchait partout depuis deux heures. Sans attendre sa réponse, il s'est inquiété de savoir si elle allait mieux, si elle s'était reposée, parce que vous avez l'air vraiment fatiguée, Mathilde, ces derniers temps. Jacques a jeté un regard à la fille, guettant sa réaction, ne venait-il pas de faire en quelques mots l'éclatante démonstration de sa bonté et de sa bienveillance ? Comme quoi il ne faut pas croire tout ce qu'on dit, ce qui circule dans les couloirs. Mathilde a commencé d'expliquer qu'elle avait pris sa journée pour accompagner son fils en sortie scolaire, au moment même où elle prononçait ces mots elle s'est sentie pitoyable, de quoi avait-elle à se justifier, comment en était-elle arrivée là, à donner le motif de ses jours de congé ?

C'était la première fois qu'il lui adressait directement la parole depuis des semaines. Perchée sur ses talons, elle le dépassait de plusieurs centimètres.

Il y a longtemps, au retour d'un rendez-vous, Jacques lui avait demandé si elle pouvait porter des chaussures plates, tout au moins les jours où ils devaient se déplacer ensemble à l'extérieur. Mathilde avait trouvé ça touchant, cet aveu de faiblesse, ils avaient ri, elle avait promis.

— Comme vous pouvez le constater, nous avons décidé quelques changements en votre absence. J'ai distribué une note vendredi dernier précisant les objectifs de cette nouvelle organisation, qui passe notamment par une nouvelle affectation de l'espace, afin de faciliter la circulation de l'information au sein de notre équipe. Par ailleurs, nous avons le plaisir d'accueillir Corinne Santos, qui nous a rejoints ce matin. Corinne a la même formation que vous, elle a travaillé quelques mois chez L'Oréal à l'International, et vient de terminer un stage au service Communication où elle a fait des merveilles, elle va nous aider sur la mise en place du plan produit 2010, elle…

La voix de Jacques s'est perdue pendant quelques minutes, recouverte par un bourdonnement. Mathilde se tenait droite, elle lui faisait face mais ne l'entendait plus, pendant quelques secondes il lui a semblé qu'elle allait se dissoudre, disparaître, pendant quelques secondes elle n'a plus entendu que ça, ce bruit terrible venu de nulle part, assourdissant. Le regard de Jacques passait de cette fille à la fenêtre, de la fenêtre à la porte ouverte, de la porte ouverte à cette fille, Jacques lui parlait sans la regarder.

— Vous trouverez une copie de cette note dans votre casier. En votre absence je me suis permis de faire transférer vos affaires en 500-9, le bureau vide.

Mathilde a cherché l'air, pour remplir ses poumons, l'air qui lui aurait permis de hurler ou de se mettre en colère.

L'air manquait.

— Afin d'éviter d'avoir à débrancher et rebrancher tout le matériel, Corinne utilisera dorénavant votre ordinateur. Nathalie a fait une copie de vos dossiers personnels sur un CD-Rom, vous pourrez le lui demander. Le service informatique devrait vous fournir un nouveau poste de travail dans les plus brefs délais. Des questions ?

Le bruit s'était tu. Il y avait ce silence, entre eux, et cette sensation de vertige.

Il n'y avait pas de mots.

Corinne Santos l'a regardée. Les yeux de Corinne Santos disaient j'ai pitié de vous, je n'y suis pour rien, si ce n'était pas moi ce serait une autre.
Les yeux de Corinne Santos étaient immenses et bleus, demandaient pardon.

Au mois de janvier, à deux reprises, Mathilde a sollicité un rendez-vous avec la DRH. Patricia Lethu l'a écoutée avec une mine de circonstance, elle a pris des notes et coché des cases. Elle s'est adressée à elle sur ce ton compassé que les gens bien portants adoptent avec les personnes qu'il faut ménager. Avec précaution, Patricia Lethu lui a expliqué combien l'entreprise est devenue un univers complexe, soumis à la pression concurrentielle, à l'ouverture des marchés, sans parler des directives européennes, combien tout cela, ici comme ailleurs, contribue à générer de la tension, du stress, des conflits. Elle lui a décrit la dure réalité de l'entreprise comme si Mathilde sortait du couvent ou se réveillait d'un long coma. Dans un soupir, Patricia Lethu a ajouté que les DRH étaient tous confrontés aux mêmes difficultés, un vrai casse-tête, et cette pression sur les objectifs, omniprésente, ce n'était pas facile, ce n'était facile pour personne. Il fallait s'armer, rester compétitif, ne pas se laisser distancer. Parce qu'il fallait bien l'admettre, les salariés psychologiquement les plus faibles se retrouvaient vite en première ligne. D'ailleurs, l'entreprise réfléchissait beaucoup sur ces sujets et envisageait de mettre en place des séminaires avec l'aide d'un consultant externe.

Patricia Lethu suggérait la patience. Avec le temps, les choses allaient revenir dans l'ordre, trouveraient une issue. Il fallait admettre que rien n'était immuable, accepter le changement, rechercher les ajustements, être capable de se repositionner. Il fallait accepter de se remettre en question. Le moment était peut-être venu pour Mathilde de réfléchir à une nouvelle orientation, à une mise à jour de ses compétences, de faire un bilan. La vie nous obligeait parfois à prendre les devants. Jusqu'ici, Mathilde avait su s'adapter. Patricia Lethu était confiante, les choses allaient s'arranger, elle lui avait serré la main.

À y regarder de plus près, il est inscrit dans son dossier que Mathilde est en situation conflictuelle avec son supérieur hiérarchique. Au motif d'une soudaine *incompatibilité d'humeur*.

L'entreprise instruit, consigne, considère la situation sans interroger sa raison d'être, sans remettre en cause son bien-fondé et, en vertu de cette même logique, admet que Mathilde se voie dépossédée de son travail. Puisqu'elle est *incompatible*.

Dans la mesure où la confiance a été entamée, compte tenu des enjeux majeurs auxquels le Marketing est aujourd'hui confronté, il est normal que Jacques prenne ses dispositions, réorganise le service. Parce que l'entreprise doit répondre à une demande qui évolue sans cesse, se donner les moyens de l'anticiper, de gagner des parts de marché, de renforcer ses positions à l'international, parce que l'entreprise ne peut se contenter de suivre, parce que l'entreprise doit être à la pointe. C'est ce que Patricia Lethu lui a expliqué lors de leur deuxième rencontre. À croire qu'elle avait appris par cœur le dépliant *Horizon 2012* publié par la Direction de la Communication.

L'attitude de Jacques, les raisons de son comportement, la mécanique dont Mathilde est l'objet ne peuvent être considérées en tant que telles. Le cas de figure n'est prévu dans aucun logiciel, dans aucune grille. L'entreprise s'accorde à reconnaître qu'il y a un problème, c'est un premier pas vers une recherche de solutions. La mutation interne apparaît comme la plus probable, mais les postes ne se libèrent pas si vite et certains, quand ils se libèrent, ne sont pas remplacés.

À la fin de l'entretien, sur un ton plus bas et après s'être assurée que la porte était bien fermée, dans un soudain élan de solidarité, Patricia Lethu lui a conseillé de consigner par écrit les points de désaccord qui l'opposaient à Jacques. Et d'envoyer ses e-mails avec accusé de réception.

« Mais nous trouverons une solution, Mathilde, rassurez-vous », s'est-elle empressée d'ajouter.

Depuis quelques semaines, Mathilde n'a plus rien à faire. Rien.

Non pas un creux, un ralentissement, un après-coup, quelques jours pour souffler après une période de surcharge. Rien comme zéro, un ensemble vide.

Au début, l'équipe a continué à lui demander de l'aide, à la consulter, à faire appel à son expérience. Mais tout document validé par elle recevait les foudres de Jacques. Il suffisait qu'elle se soit penchée sur un dossier, qu'elle ait jeté un œil à une étude, qu'elle soit intervenue dans le choix d'un prestataire ou d'une méthodologie, qu'elle ait donné son accord sur un plan produit, pour qu'il s'y oppose.

Alors peu à peu, Nathalie, Jean, Éric et les autres ont renoncé à franchir la porte de son bureau, à lui demander conseil, ils ont trouvé ailleurs l'appui dont ils avaient besoin.

Ils ont choisi leur camp.

Pour ne pas risquer d'être les prochains sur la liste, pour préserver leur tranquillité. Par lâcheté plus que par malveillance.

Elle n'a pas de rancœur. Parfois elle se dit qu'à vingt-cinq ou trente ans, elle non plus, n'aurait peut-être pas eu ce courage.

De toute façon, c'est trop tard. Sans s'en rendre compte, elle a laissé Jacques construire un système d'évitement, d'exclusion, qui ne cesse de prouver son efficacité et contre lequel elle ne peut rien.

Ses classeurs et ses dossiers ont été posés en tas, répartis entre les étagères et l'armoire à rideau. Dans un carton posé à même le sol, Mathilde découvre le contenu de son tiroir – vitamine C, Doliprane, agrafeuse, scotch, feutres, Tipex, stylos et fournitures variées.

Il n'y a jamais eu de photos de ses enfants posées sur son bureau. Ni vase, ni plante verte, ni souvenir de vacances. À l'exception de son poster de Bonnard, elle n'a rien apporté de chez elle, n'a pas cherché à personnaliser son espace, à marquer son territoire.

Il lui a toujours semblé que l'entreprise était un lieu neutre, dénué d'affects, où ces choses-là n'avaient pas leur place.

Elle a été transférée dans le bureau 500-9. Elle va ranger ses affaires, s'installer. Elle essaye de se persuader que cela n'a aucune importance, que cela ne change rien. Elle est au-dessus de ça. Se serait-elle attachée à son bureau comme à une chambre ? C'est ridicule. Ici au moins, elle est loin de Jacques, loin de tout, à l'autre bout.

Au bout du bout, là où personne ne va, sauf pour les toilettes.

Mathilde s'assoit sur son nouveau siège, le fait pivoter, vérifie que les roulettes fonctionnent. La table et la desserte sont recouvertes d'une fine pellicule de poussière. Métallique, le caisson de rangement n'est pas assorti avec l'ensemble. D'ailleurs, à y regarder de plus près, le mobilier du bureau 500-9 est constitué de pièces disparates, correspondant à différentes périodes de l'entreprise : bois clair, métal, formica blanc. Le bureau 500-9 est privé de fenêtre. La seule source de lumière provient de la surface vitrée qui le sépare, à mi-hauteur, du local à fourniture. Lequel donne sur l'extérieur.

De l'autre côté, le bureau 500-9 jouxte les toilettes *Hommes* de l'étage, dont il est séparé par un mur en contreplaqué.

Dans l'entreprise, on appelle le bureau 500-9 « le cagibi » ou « les chiottes ». Parce qu'on y perçoit très distinctement le parfum *Fraîcheur des glaciers* du spray désodorisant pour sanitaires, ainsi que le roulement du distributeur de papier hygiénique.

La légende raconte qu'un stagiaire dissipé aurait établi pendant plusieurs semaines des statistiques précises sur le nombre de passages aux WC et la consommation moyenne de PQ de tous les cadres de l'étage. Un tableau sous Excel qui serait parvenu, à la fin de la période d'étude, sur la table du Directeur Général.

C'est pourquoi le bureau 500-9 reste vide. La plupart du temps.

Mathilde a posé *Le Défenseur de l'Aube d'Argent* devant elle. Il s'en faut de peu qu'elle lui parle, ou plutôt qu'elle murmure, sur un ton de prière, « alors, qu'est-ce que tu fais ? ».

Le Défenseur de l'Aube d'Argent a dû s'assoupir quelque part, s'égarer dans les couloirs, se tromper d'étage. Comme tous les princes et les chevaliers blancs, *Le Défenseur de l'Aube d'Argent* fait preuve d'un sens de l'orientation discutable.

D'où elle se trouve, porte ouverte, Mathilde peut surveiller les allées et venues. Compter, constater, établir d'éventuelles correspondances. C'est une distraction comme une autre.

D'ailleurs Éric vient de passer. Il regardait droit devant lui, il ne s'est pas arrêté.

Mathilde écoute les bruits, les identifie un par un : verrou, ventilateur, jet d'urine, papier, chasse d'eau, lavabo.

Elle n'a même pas envie de pleurer.

Elle a dû glisser par mégarde dans une autre réalité. Une réalité qu'elle ne peut comprendre, assimiler, une réalité dont elle ne peut saisir la vérité.

Ce n'est pas possible. Pas comme ça.

Sans que rien, jamais, ait été dit. Rien qui puisse permettre de passer outre, de réparer.

Elle pourrait téléphoner à Patricia Lethu, lui demander de descendre sur-le-champ et constater qu'elle ne dispose même plus d'un ordinateur.

Elle pourrait jeter ses dossiers à travers la pièce, de toutes ses forces contre les murs.

Elle pourrait sortir de son nouveau bureau, se mettre à hurler dans le couloir, ou bien chanter Bowie à tue-tête, mimer quelques accords plaqués sur une guitare, danser au milieu de l'open space, onduler sur ses talons, se rouler par terre, histoire qu'on la regarde, histoire de se prouver qu'elle existe.

Elle pourrait appeler le Directeur Général sans passer par sa secrétaire, lui dire qu'elle n'en a plus rien à foutre de la pro-activité, de l'optimisation des savoir-être, des stratégies *win-win*, du transfert de compétence, et de tous ces concepts fumeux dont il les abreuve depuis des années, qu'il ferait mieux de sortir de son bureau, de venir voir ce qui se passe, renifler l'odeur nauséabonde qui a envahi les couloirs.

Elle pourrait débarquer dans celui de Jacques armée d'une batte de base-ball et détruire tout, avec méthode, sa collection de vases de Chine, ses gris-gris rapportés du Japon, son fauteuil « Direction » en cuir, son écran plat et sa base centrale, ses lithographies encadrées, les vitrines de son meuble de rangement, elle pourrait arracher de ses propres mains ses stores vénitiens, d'un geste ample balancer toute sa littérature Marketing par terre et la piétiner avec rage.

Parce qu'il y a cette violence en elle, qui enfle d'un seul coup : un cri contenu trop longtemps.

Ce n'est pas la première fois.

La violence est venue il y a quelques semaines, quand elle a compris jusqu'où Jacques était capable d'aller. Quand elle a compris que cela ne faisait que commencer.

Un vendredi soir, alors qu'elle venait de rentrer chez elle, Mathilde avait reçu un appel de la secrétaire de Jacques. Jacques était retenu en République Tchèque, il s'était engagé à écrire un article pour le journal interne sur l'innovation Produit au sein de la filiale, il était débordé, il n'aurait pas le temps. C'est pourquoi il avait chargé Barbara de contacter Mathilde. L'article devait être rendu le lundi matin au plus tard.

Pour la première fois depuis des mois, Jacques lui demandait quelque chose. Par personne interposée, certes. Mais il sollicitait son aide. Pour cela, il avait dû prononcer son prénom, se souvenir qu'elle avait rédigé pour lui des dizaines de textes qu'il avait signés sans en déplacer une virgule, admettre qu'il pouvait avoir besoin d'elle, ou, tout au moins, qu'elle appartenait au périmètre de son service.

Cela aurait pu tomber mieux. Mathilde avait prévu de partir deux jours chez des amis avec les garçons. En outre, elle avait posé une demi-journée de congé le lundi matin pour le contrôle radiologique qu'elle devait effectuer après le déplâtrage de son poignet.

Elle avait accepté. Elle se débrouillerait.

Elle était partie à la campagne avec son portable, avait travaillé une bonne partie de la nuit du samedi au dimanche. Le reste du temps, elle avait ri, joué aux cartes, participé à la préparation des repas. Elle s'était promenée avec les autres le long de la rivière, elle avait respiré à pleins poumons l'odeur de la terre. Et quand on s'était inquiété de savoir si, à son travail, les choses s'étaient arrangées, elle avait répondu oui. La demande de Jacques lui avait suffi pour croire que la situation pouvait évoluer, revenir à l'état antérieur, croire que tout cela au fond n'était qu'un mauvais moment, une crise qu'ils allaient surmonter et qu'elle finirait par oublier, parce qu'elle était comme ça : sans amertume.

Dès le dimanche soir, elle avait envoyé l'article à Jacques via la messagerie de l'entreprise, à laquelle elle pouvait se connecter à distance. Il l'aurait dès son arrivée le lundi matin ou peut-être même le soir s'il était rentré. Elle s'était endormie avec un sentiment d'accomplissement qu'elle n'avait pas éprouvé depuis longtemps.

Le lendemain, Mathilde avait accompagné Théo et Maxime à l'école, elle s'était rendue ensuite à son rendez-vous à l'hôpital où elle avait attendu une bonne heure avant d'être reçue. Plus tard dans la matinée, elle était repassée chez elle, elle avait profité de ce moment de liberté pour ranger le placard des garçons et repasser quelques vêtements. À treize heures, elle avait acheté un sandwich à la boulangerie d'en bas, puis elle était descendue dans le métro. Les rames étaient presque vides, le trajet lui avait semblé fluide. Elle était passée à la Brasserie de la Gare pour prendre un café au comptoir, Bernard l'avait complimentée sur sa bonne mine. À quatorze heures pile, elle avait franchi les portes de l'immeuble.

Jacques l'attendait. À peine Mathilde était-elle sortie de l'ascenseur qu'il s'était mis à hurler.

— Et l'article ? Et l'article ?

Mathilde avait perçu le point d'impact, dans l'estomac.

— Je vous l'ai envoyé hier soir, vous ne l'avez pas reçu ?

— Non, je n'ai rien reçu. RIEN. J'ai attendu toute la matinée, je vous ai cherchée partout, et j'ai dû annuler un déjeuner pour écrire ce putain de papier que je vous ai demandé vendredi soir ! Je suppose que vous aviez mieux à faire que de consacrer quelques heures de votre week-end à l'entreprise.

— Je vous l'ai envoyé hier soir.

— C'est ça.

— Je vous l'ai envoyé, Jacques. Si ce n'était pas le cas, vous savez très bien que je vous le dirais.

— Eh bien il serait temps que vous compreniez comment fonctionne votre messagerie.

Visages apparus dans l'entrebâillement des portes, coups d'œil furtifs jetés dans le couloir. Abasourdie, Mathilde était restée silencieuse. Le souffle court, appuyée contre le mur, elle avait dû reprendre étape par étape ce qu'elle avait fait à son retour le dimanche soir, avant de parvenir à visualiser la scène : elle avait mis le couvert, glissé la pizza dans le four, elle avait demandé à Simon de baisser la musique, puis elle avait branché le portable, oui, elle s'était revue en train de l'allumer, assise devant la table basse. Ensuite elle avait forcément envoyé l'article, ce n'était pas possible autrement.

Et puis elle s'était mise à douter. Elle n'était plus si sûre. Elle s'était peut-être interrompue et n'avait pas envoyé le mail. Elle avait peut-être fait une erreur de manipulation, elle s'était trompée de destinataire, elle avait oublié la pièce jointe. Elle n'était plus sûre de rien. Elle avait peut-être oublié d'envoyer l'article. Tout simplement.

Le couloir était vide. Jacques était reparti.

Mathilde s'était précipitée dans son bureau, elle avait allumé son poste, entré son mot de passe, attendu que tous les icônes apparaissent et que l'anti-virus effectue les contrôles, tout cela lui avait semblé durer des heures, elle sentait son cœur battre dans son cou. Enfin elle avait pu ouvrir la boîte des messages envoyés. Le mail y figurait, sur la première ligne, daté de la veille, à 19 h 45. Elle n'avait pas oublié la pièce jointe.

De son bureau, elle avait appelé Jacques pour qu'il vienne voir par lui-même, ce à quoi il avait répondu suffisamment fort pour que tout le monde l'entende : « Je n'ai rien reçu et je me fous de votre bonne conscience. »

Jacques mettait en doute sa parole.

Jacques lui parlait comme à un chien.

Jacques mentait.

Il avait reçu l'article. Elle le savait. Il s'en était même probablement inspiré pour écrire le sien.

Mathilde lui avait renvoyé le mail.

Pour lui prouver que.

C'était vain, ridicule, un sursaut pitoyable pour continuer à tenir debout.

Pour la première fois, elle avait vu Jacques mort. Les yeux révulsés. Pour la première fois, elle s'était vue tirer à bout portant, elle avait imaginé le coup de feu, puissant, irrémédiable. Pour la première fois, elle avait vu le trou au milieu de son front. Net. Et la peau brûlée tout autour.

Plus tard, l'image était revenue, et puis d'autres. Jacques étendu sur le sol, à l'entrée de l'immeuble, l'attroupement constitué autour de son corps, le filet de mousse blanche au coin de sa bouche.

Jacques dans la lumière bleue du parking, se traînant sur les coudes, les jambes brisées broyées écrasées, implorant son pardon.

Jacques poignardé avec son coupe-papier en argent, pissant le sang sur son fauteuil « Direction ».

Sur le moment, les images l'avaient soulagée.

Ensuite, Mathilde avait eu peur. Que quelque chose lui échappe, l'emporte, quelque chose qu'elle ne pourrait empêcher.

Les images étaient si nettes, si précises. Presque réelles.

Elle avait eu peur de sa propre violence.

Thibault a enchaîné sur une gastro-entérite rue Bobillot, une crise de tétanie avenue Dorian, une otite rue Sarrette.

À onze heures, il a appelé Rose pour lui demander si le dispatcheur avait l'intention de lui faire faire la navette toute la journée entre les deux secteurs. Il voulait bien se montrer conciliant, mais Francis devait veiller à rationaliser un minimum ses déplacements, surtout quand il s'agissait d'urgences classées U4 par le régulateur.

Justement, Francis n'était pas là. Francis était souffrant. La base avait dû faire appel à un dispatcheur remplaçant.

Rose a précisé :

— Il a travaillé pour *SOS*.

Thibault était de mauvaise humeur, il n'a pas pu s'empêcher d'ironiser. Le type s'amusait peut-être à promener les médecins de *SOS* dans tout Paris, mais si elle pouvait lui expliquer que ce n'était pas le genre de la maison, cela lui rendrait service.

La voix de Rose a tremblé.

— C'est la merde aujourd'hui, Thibault. Je suis désolée. Autant te le dire tout de suite, la ligne directe du *SAMU* sonne toutes les trois minutes, ils nous refilent des patients par paquets. D'ailleurs il faut que tu ailles rue Liancourt, un homme de trente-cinq ans s'est enfermé dans sa salle de bain. Il est en pleine bouffée délirante. Il menace de s'ouvrir les veines, il a déjà fait quatre tentatives de suicide, sa femme veut le faire hospitaliser.

Il ne manquait plus que ça. Une galère. Dans leur jargon, c'est le nom qu'on donne aux visites dont personne ne veut. Parce qu'en général, la demi-journée y passe. En tête des galères, figurent les placements par un tiers, les gardes à vue et les certificats de décès.

Thibault a dit qu'il y allait. Parce qu'il adore Rose et qu'il est sans doute l'un des moins préoccupés par son rendement horaire. Il a raccroché.

Quelques secondes plus tard, il a entendu le bip du SMS qui lui précisait le code, l'étage et le nom de la personne qui avait appelé. Il a quand même vérifié qu'il ne s'agissait pas d'un message de Lila. Au cas où.

Il sait ce qui l'attend. S'il ne parvient pas à convaincre le patient de signer le placement volontaire, il faudra faire venir la police, l'ambulance, en espérant que cela ne se termine pas comme la dernière fois. La jeune fille avait réussi à s'enfuir sur les toits. Et puis elle avait sauté. Elle n'avait pas vingt ans.

Le soir même, il s'en souvient, il avait rendez-vous chez Lila. À peine entré, il avait eu envie de se jeter dans ses bras, qu'elle le recueille, qu'elle l'enveloppe, envie de sentir la chaleur de son corps. De se délester de lui-même, quelques secondes. Il avait eu ce mouvement vers elle, ce mouvement d'abandon. Et puis, en une fraction de seconde, d'instinct, le mouvement s'était interrompu. Lila n'avait pas bougé. Lila était là, devant lui, les bras le long du corps.

Il est coincé depuis une bonne vingtaine de minutes derrière une camionnette stationnée en plein milieu de la chaussée rue Mouton-Duvernet.

Deux hommes déchargent des vêtements avec nonchalance, le pas traînant, cigarette à la main. Ils disparaissent dans la boutique, réapparaissent plusieurs minutes plus tard. Ils prennent leur temps.

Thibault regarde derrière lui. Les voitures se sont agglutinées, il ne peut pas reculer.

Au bout du sixième aller-retour accompli par les deux hommes avec cette même lenteur, vaguement ostentatoire, Thibault klaxonne. Les autres voitures l'imitent aussitôt, comme si elles avaient attendu son signal. L'un des deux se retourne vers lui, bras replié, majeur levé vers le ciel.

Une fraction de seconde, Thibault se voit sortir de la voiture, se précipiter sur l'homme et le rouer de coups.

Alors il allume la radio, monte le son. Il inspire.

Depuis toujours, Thibault s'attache à changer de secteur quand il demande ses gardes. Il les a

traversés dans tous les sens et de toutes les manières possibles, il connaît leur rythme et leur géométrie, il connaît les squats et les hôtels particuliers,
les maisons recouvertes de lierre, le nom des cités
HLM, les numéros des cages d'escalier, les tours
vieillissantes et les résidences flambant neuves aux
airs d'appartements témoins.

Il a longtemps cru que la ville lui appartenait.
Sous prétexte qu'il en connaissait la moindre rue,
la plus petite impasse, les dédales insoupçonnables,
le nom des nouvelles artères, les passages sans
lumière, et ces quartiers surgis de nulle part aux
abords de la Seine.

Il a plongé ses mains dans le ventre de la cité, au
plus profond. Il connaît les battements de son cœur,
ses douleurs anciennes que l'humidité réveille, ses
états d'âme et ses pathologies. Il connaît la couleur
de ses hématomes et le vertige de sa vitesse, ses
sécrétions putrides et ses fausses pudeurs, ses soirs
de liesse et ses lendemains de fête.

Il connaît ses princes et ses mendiants.

Il vit au-dessus d'une place, il ne ferme jamais
les rideaux. Il voulait la lumière, le bruit. Ce mouvement circulaire qui ne s'arrête jamais.

Il a longtemps cru que la ville et lui battaient au
même rythme, ne faisaient qu'un.

Mais aujourd'hui, après dix ans passés au volant
de sa Clio blanche, dix ans d'embouteillages, de
feux rouges, de souterrains, de sens uniques, de sta-
tionnement en double file, il lui semble parfois que

la ville lui échappe, qu'elle lui est devenue hostile. Il lui semble qu'à force de promiscuité, et parce qu'il connaît mieux que quiconque son haleine empesée, la ville attend son heure pour le vomir ou le recracher, comme un corps étranger.

Dans son cagibi, Mathilde vérifie que sa ligne téléphonique fonctionne. Elle décroche le combiné, compose le zéro, attend la tonalité.

Rassurée par la possibilité d'un contact avec l'extérieur, elle raccroche.

Elle s'étire sur sa chaise, fait glisser sa paume sur le formica, elle cherche dans le silence le bruissement du temps qui passe. Il reste deux heures avant la pause du déjeuner.

Elle aurait voulu se mettre en jupe, faire scintiller ses bas satinés dans la lumière matinale. À cause de sa brûlure, elle a dû enfiler un pantalon. Parce que c'était le 20 mai, elle a choisi le plus fluide, le plus léger.

Si elle avait su.

Le téléphone sonne, elle sursaute. Le numéro du portable de Simon s'affiche sur l'écran, lui confirmant que sa ligne a bien été transférée.

Son prof de maths est absent, il veut savoir s'il peut échapper à la cantine, déjeuner chez son copain Hugo et retourner au lycée cet après-midi.

Elle est d'accord.

Elle aimerait discuter avec lui, prolonger l'échange, gagner quelques minutes sur l'ennui, savoir à quoi ressemble la vie dehors, aujourd'hui, le 20 mai, s'il perçoit dans l'air quelque chose de singulier, une moiteur, une langueur, quelque chose qui résiste à la ville, à son empressement, qui fait opposition.

Elle ne peut pas lui poser des questions comme ça, aussi absurdes, elle l'inquiéterait.

Un court instant, elle songe qu'elle pourrait lui demander de rentrer à la maison, tout de suite, de préparer ses affaires et celles de ses frères, un sac chacun, pas davantage. Parce qu'ils s'en vont, oui, maintenant, tous les quatre, ils partent ailleurs, là où l'air est respirable, là où elle pourra tout recommencer.

Derrière Simon, elle devine la rumeur de la rue, il va déjeuner chez son copain Hugo, elle sent qu'il est pressé, il a quatorze ans, il a sa vie.

Mathilde l'embrasse, elle raccroche.

Ses mains sont posées à côté du téléphone. Ses mains sont comme le reste de son corps : inertes.

Au loin, une photocopieuse crache cent cinquante feuillets à la minute. Elle écoute la machine, régulière, elle essaie de distinguer chaque note, chaque son – soufflerie, papier, mécanisme d'entraînement –, elle compte, cent douze, cent treize, cent quatorze. Elle se souvient d'un soir d'hiver, il y a longtemps, elle avait dû rester tard pour terminer, avec l'aide de Nathalie, une présentation de l'activité du service. Les bureaux étaient vides. Avant de partir, elles devaient reproduire le document en quatre exemplaires. Mathilde avait appuyé sur le bouton vert, le bruit de la machine avait rempli tout l'espace, répétitif, entêtant. Et puis le bruit s'était transformé en musique, elles avaient dansé tout le temps que cela avait duré, pieds nus sur la moquette.

C'était un autre temps. Un temps de légèreté, d'insouciance.

Aujourd'hui, il faut faire semblant.

Avoir l'air occupé dans un bureau vide.

Avoir l'air occupé sans ordinateur, sans connexion à Internet.

Avoir l'air occupé quand tout le monde sait qu'elle ne fait rien.

Quand plus personne n'attend son travail, quand sa seule présence suffit à dévier le regard.

Avant, elle prenait des nouvelles de ses amis. Elle téléphonait. Quelques minutes volées au retour du déjeuner, ou plus tard dans l'après-midi, entre deux réunions. Elle entretenait le lien, partageait le quotidien. Elle racontait les enfants, les projets, les sorties. L'anecdote et l'essentiel. Aujourd'hui elle n'appelle plus. Elle ne sait plus quoi leur dire. Elle n'a rien à raconter. Elle refuse les dîners, les soirées, elle ne va plus au restaurant, ni au cinéma, elle ne sort plus de chez elle. Elle a épuisé tous les prétextes, elle s'est perdue dans des excuses de plus en plus vagues, s'est soustraite à leurs questions, n'a pas répondu à leurs messages.

Parce qu'elle ne peut plus faire semblant.

Parce qu'il arrive toujours un moment où ils finissent par lui demander : « Et ton boulot, ça va ? »

Dans leur regard, elle se sent plus démunie encore. Ils se disent sans doute qu'il n'y a pas de fumée sans feu, qu'elle a dû commettre une faute ou un impair. Dans leur regard, elle est celle qui ne va pas bien. Qui a des *problèmes*. Elle ne fait plus partie des leurs. Elle ne sait plus rire de son patron, raconter ses collègues, se satisfaire des succès de son entreprise ou s'inquiéter des difficultés qu'elle rencontre, avec ce même air concerné. L'air de quelqu'un qui travaille. Elle s'en fout. Elle n'en a plus rien à foutre. Ils ne savent pas à quel point leur *boîte,* comme ils disent, est hermétiquement fermée. À quel point l'air qu'ils respirent est vicié, saturé. Ou bien c'est elle. Elle qui ne va pas bien. Qui n'est plus adaptée. Elle qui est trop faible pour s'imposer, marquer son territoire, défendre sa place. Elle que l'entreprise a isolée par mesure sanitaire, une tumeur découverte tardivement, un amas de cellules malsaines coupé du reste du corps. Dans leur regard, elle se sent jugée. Alors elle se tait. Ne répond plus. Change de trottoir quand elle les croise. Leur fait signe de loin.

Alors depuis des semaines elle vit en circuit fermé avec ses enfants, dépense pour eux l'énergie qu'elle n'a plus. Le reste n'a pas d'importance.

Et quand sa mère lui téléphone, elle prétend qu'elle rappellera plus tard parce qu'elle est débordée.

La photocopieuse s'est arrêtée, le silence est revenu.

Lourd.

Mathilde regarde autour d'elle.

Elle voudrait parler à quelqu'un. Quelqu'un qui ignorerait tout de sa situation, qui n'aurait pour elle aucune commisération.

Puisqu'elle a le temps, puisqu'elle a tout son temps, elle va appeler la mutuelle. Il y a plusieurs jours qu'elle doit le faire pour connaître le montant de la prise en charge du traitement d'orthodontie que Théo va bientôt commencer.

C'est une bonne idée, ça va l'occuper.

Mathilde sort sa carte d'adhérente de son sac, compose le numéro. Le serveur vocal l'informe que son appel sera facturé trente-quatre centimes d'euro la minute. Le temps d'attente n'est pas pris en compte. La voix synthétique lui demande de taper # puis de préciser l'objet de son appel en composant 1, 2 ou 3. La voix synthétique lui propose différents cas de figure parmi lesquels elle est supposée se reconnaître.

Pour parler à quelqu'un – une vraie personne, avec une vraie voix, susceptible d'apporter une vraie réponse – il faut échapper au menu. Ne pas céder aux propositions. Résister. Ne taper ni 1, ni 2, ni 3. Éventuellement 0. Pour parler à quelqu'un, il faut être différent, ne rentrer dans aucune case, aucune catégorie. Il faut revendiquer son altérité, ne correspondre à rien, n'être rien d'autre qu'un autre, justement : autre motif, autre demande, autre opération.

Parfois, de cette manière, on parvient à échanger quelques mots avec une vraie personne. Parfois le serveur vocal tourne en boucle, renvoie au menu principal, il est impossible d'en sortir.

La voix l'informe qu'un conseiller va lui répondre dans quelques minutes. Mathilde sourit. Elle tente d'identifier la musique d'attente, elle connaît cet air, elle ne connaît que ça, elle ne trouve pas.
Elle attend.
Au moins elle aura parlé à quelqu'un.

Elle a mis l'appareil en haut-parleur. La tête entre les mains, elle a fermé les yeux. Elle n'a pas entendu Patricia Lethu qui est entrée sur la pointe des pieds. Au moment où leurs regards se croisent, la musique s'arrête. La voix synthétique lui annonce que tous les conseillers étant actuellement en ligne, la mutuelle l'invite à renouveler son appel.
Mathilde raccroche le combiné.

Patricia Lethu est blonde et bronzée. Elle porte des escarpins assortis à ses tailleurs et des bijoux en or. Elle fait partie de ces femmes qui savent qu'une tenue n'associe pas plus de trois couleurs et que les bagues se portent en nombre impair. L'été, elle s'habille de blanc, de beige ou de grège, garde les couleurs sombres pour l'hiver. Tous les vendredis, elle ferme la porte de son bureau à clé, s'envole pour la Corse ou ailleurs, quelque part dans le Sud, quelque part où il fait beau.

On dit qu'elle est mariée au numéro deux d'un grand groupe automobile. On dit qu'elle est entrée dans l'entreprise parce que son mari est le meilleur ami du président de la filiale. On dit qu'elle habite un deux cents mètres carrés dans le seizième. On dit qu'elle a un amant, plus jeune qu'elle, un cadre supérieur de la holding. Des noms circulent. Parce que depuis quelques mois, Patrica Lethu porte des jupes de plus en plus courtes.

Pendant les vacances, Patricia Lethu part à l'île Maurice ou aux Seychelles avec son mari. Elle rentre plus bronzée encore.

La DRH ne sort de son bureau que pour les grandes occasions : pots de départ en retraite, assemblées générales, fêtes de Noël. Le reste du temps, elle a beaucoup de travail. Elle reçoit sur rendez-vous.

Ce matin, un pli amer déforme sa bouche. Elle regarde autour d'elle, elle a l'air embarrassé.

Mathilde se tait. Elle n'a rien à dire.

Le jet que lâche un homme quand il urine s'éloigne suffisamment de son corps pour produire un bruit d'éclaboussure. Qui recouvre le silence.

Le torrent de la chasse d'eau ne tarde pas à se faire entendre. Dans les toilettes, quelqu'un tousse, puis laisse couler le robinet. C'est Pascal Furion, Mathilde le sait, elle l'a vu entrer.

Un effluve de spray *Fraîcheur des glaciers* envahit maintenant son bureau.

Patricia Lethu écoute les bruits qui viennent de l'autre côté de la cloison. La soufflerie du sèche-main, une nouvelle quinte de toux, la porte qui se referme. En temps normal, Patricia Lethu fait partie de ces femmes qui savent meubler le silence. Mais aujourd'hui non. Elle n'essaie même pas de sourire. À la regarder de plus près, Patrica Lethu a l'air désarmé.

— On m'a prévenue que vous aviez changé de bureau. Je... je l'ignorais, je n'étais pas là vendredi. Je vous avoue que... enfin... Je viens de l'apprendre.

— Moi aussi.

— Je vois que vous n'avez pas de poste de travail. Nous allons nous en occuper. Considérez qu'il s'agit d'une solution transitoire, ne vous inquiétez pas, nous allons...

— Vous êtes passée devant le bureau de Jacques, n'est-ce pas ?

— Euh... oui.

— Il était là ?

— Oui.

— Vous lui avez parlé ?

— Non, je voulais vous voir d'abord.

— Alors, écoutez. Je vais l'appeler, là, maintenant. Je vais l'appeler devant vous pour lui demander un entretien. Pour la dixième fois. Parce que j'aimerais savoir quoi faire, vous voyez. Aujourd'hui, par exemple, à votre avis, quel genre de travail pourrais-je accomplir sans ordinateur, sans avoir participé à aucune réunion d'équipe et sans être en

117

copie d'aucun document interne depuis plus d'un mois ? Je vais l'appeler parce que Jacques Pelletier est mon supérieur hiérarchique. Je vais lui dire que vous êtes là, que vous êtes descendue, je vais lui demander de venir.

Patricia Lethu acquiesce d'un mouvement de tête, elle n'a pas prononcé un mot. Elle a du mal à avaler sa salive.

Elle n'a jamais vu Mathilde dans cette humeur, excédée. Sur un ton plus bas, Mathilde la rassure.

— Ne vous inquiétez pas, Patricia, il ne va pas répondre. Il ne répond jamais. Mais vous pourrez constater, lorsque vous repasserez devant son bureau, qu'il y est toujours.

Mathilde compose le numéro de Jacques. Patricia Lethu retient son souffle. Elle fait tourner son alliance avec son pouce.

Jacques ne décroche pas.

La DRH se rapproche de Mathilde, s'assoit sur le rebord de la table.

— Jacques Pelletier s'est plaint que vous étiez agressive à son égard. Il dit qu'il est devenu très difficile de communiquer avec vous. Que vous montrez des signes forts de résistance, que vous n'adhérez plus aux orientations du service, ni à celles de l'entreprise.

Mathilde est abasourdie. Elle pense à ce mot, *adhérer*, à quel point il lui semble grotesque. Jusqu'à quel point devrait-elle, aurait-elle dû, *adhé-*

rer, coller, épouser, ne faire qu'un, se fondre, se confondre ? Se soumettre. Elle n'*adhère* pas. Elle aimerait savoir comment cela se mesure, comment cela se compte, s'évalue.

— Écoutez, cela doit faire trois mois que je n'ai pas eu une conversation digne de ce nom avec Jacques Pelletier, et plusieurs semaines qu'il ne m'a pas adressé la parole. Sauf ce matin, pour m'expliquer que mon bureau avait été transféré. Alors je ne vois pas bien de quoi il s'agit.

— Je… bon… nous allons résoudre ce problème. Bien sûr, vous n'êtes ici qu'à titre provisoire. Je veux dire, cela… cela ne peut pas durer.

Le roulement du distributeur de papier hygiénique interrompt leur échange.

Soudain, il lui semble que Patricia Lethu va s'effondrer. Quelque chose dans ses yeux. Un découragement. Quelque chose qui passe très vite, une expression de dégoût.

La DRH ramène ses cheveux en arrière. Elle n'ose plus regarder Mathilde.

D'un mouvement du pied droit, Mathilde donne une impulsion à son fauteuil. Les roulettes glissent, elle s'approche de Patricia.

— Je ne vais pas tenir, Patricia, je ne peux plus. Je veux que vous le sachiez. Je suis arrivée au bout de ce que je pouvais supporter. J'ai demandé des explications, j'ai cherché à maintenir le dialogue, j'ai été patiente, j'ai fait tout ce qui était en mon pouvoir pour que la situation s'arrange. Mais là, je vous préviens, je ne vais pas…

— Je vous comprends, Mathilde. Ce bureau, sans lumière, sans fenêtre… enfin, si éloigné… je sais bien… ce n'est pas possible.

— Vous savez comme moi que ce n'est pas un problème de bureau. Je voudrais travailler, Patricia. Je suis payée trois mille euros net par mois et je voudrais travailler.

— Je… je vais m'en occuper. Nous allons trouver une solution. Je vais commencer par appeler le service informatique afin qu'on vous envoie tout de suite quelqu'un pour vous installer un poste.

Patricia Lethu est repartie. Au moment où elle franchissait la porte, elle s'est retournée vers Mathilde, elle a répété je vais m'en occuper, sa voix tremblait, son brushing avait perdu de son ampleur, de son mouvement. De dos aussi, elle semblait fatiguée.

« Le Défenseur de l'Aube d'Argent combat sans pitié toutes les manifestations du mal qui infectent Azeroth. » Pour l'instant, il somnole, se repose, prend des forces. Mathilde regarde la carte. Elle se demande si Patricia Lethu l'a vue. Elle l'approche d'elle, la caresse du bout des doigts.

Puis elle regarde au-delà de la carte, dans un espace à l'intérieur de sa pensée qui est là pourtant devant elle, un espace transparent, sur lequel rien n'accroche, ne peut être projeté.

La femme porte un vieux jean et un pull informe
dont les manches cachent ses mains. Les cernes
sous ses yeux virent au violet, elle n'est pas coiffée.

Ils se sont assis dans le salon, Thibault lui a posé
une série de questions sur l'état de son mari. Il est
là, de l'autre côté de la porte, ils l'entendent tous-
ser. Elle l'a prévenu que quelqu'un allait venir. Il
l'a traitée de salope et refuse maintenant de lui
répondre.

Cela a commencé quelques jours plus tôt. Il a jeté
tout le contenu du réfrigérateur sous prétexte qu'il
était empoisonné, et n'a cessé de vérifier que le gaz
n'était pas ouvert. Il refuse d'allumer la lumière, de
s'asseoir, de s'allonger, il a passé la nuit debout dans
l'entrée. Au matin, après avoir expliqué à sa femme
que les forces du mal s'infiltraient chez eux par le
fil du téléphone et les conduits d'aération, il s'est
enfermé dans la salle de bain. Il a été hospitalisé à
plusieurs reprises pour de sévères épisodes dépres-
sifs. Jusqu'ici, il n'a jamais connu de phase délirante.
Il lui a dit qu'il allait devoir mettre fin à ses jours,
pour elle et pour l'enfant, pour les protéger. Il veut

qu'elle quitte l'appartement, qu'elle parte loin, le plus loin possible, pour ne pas être contaminée par son sang. Il attend qu'elle s'en aille.

La femme déplace sa chaise.

C'est alors que Thibault découvre la petite fille derrière elle, il ne l'a pas vue entrer. Une silhouette minuscule, blottie contre sa mère, qui le dévisage, les yeux agrandis par la peur.

En dix ans d'urgence médicale, il a eu son lot. Il a vu de près l'angoisse, la détresse, la folie. Il connaît la souffrance, ses accents de terreur, ce qui submerge, ce qui s'égare et ce qui se perd. Il connaît cette violence, il s'y est habitué.

Mais ça non.

L'enfant l'observe. Elle n'a pas six ans.

— Tu n'es pas à l'école ?

Elle fait non de la tête, se cache de nouveau derrière sa mère.

— Je n'ai pas pu l'emmener. Je ne voulais pas que mon mari reste seul.

Thibault se lève et s'approche de la fillette. Elle regarde sa main gauche, il sourit. Les enfants sont toujours plus prompts à remarquer son infirmité.

— J'aimerais que tu ailles jouer un peu dans ta chambre parce que j'ai des choses à dire à ta maman.

Thibault a expliqué à la femme qu'il allait essayer de convaincre son mari de se faire hospitaliser. Si jamais il échouait, il faudrait appeler le commissariat et qu'elle signe elle-même la demande d'internement. Parce que son mari présentait un danger pour lui-même et peut-être pour sa famille.

Il s'est approché de la porte, il s'est accroupi pour être à hauteur de l'homme dont il percevait la respiration. Il a parlé avec lui pendant une demi-heure. L'homme a fini par ouvrir, Thibault est entré dans la salle de bain. L'homme était calme. Il s'est laissé ausculter. Thibault a pris sa tension. Il a prétendu que celle-ci était beaucoup trop élevée, un subterfuge qu'il utilise souvent afin de convaincre le patient de la nécessité d'une hospitalisation. L'homme a accepté la piqûre. Ils ont parlé encore une dizaine de minutes et il a cédé. Même au plus profond du délire, même dans les épisodes maniaques les plus avancés, il existe une faille. Un interstice minuscule de lucidité, par lequel il faut s'immiscer.
L'ambulance est arrivée. Thibault est resté avec l'homme jusqu'à ce qu'il monte dans le véhicule. Une fois les portières fermées, instinctivement, il a relevé la tête. Derrière la vitre, la petite fille le regardait.

Que gardera-t-elle de ces images, de ce temps suspendu, de ces jours où les choses ont dérapé ?
Quel adulte devient-on d'avoir su si tôt que la vie peut basculer ? Quel genre de personne, armée de quoi, à quel point désarmée ?
Les questions sont revenues, comme à chaque fois. Les questions viennent quand tout est terminé. Quand il a accompli son travail et qu'il laisse derrière lui des gens démolis qu'il ne reverra pas.

Thibault est remonté dans sa voiture, le parfum de Lila flottait dans l'air, l'empreinte invisible lui arrachait la gorge.

Il a rallumé son portable, deux nouvelles adresses l'attendaient. La suivante n'était pas très loin, il a tourné la clé de contact pour démarrer. Le manque l'a assailli aussitôt. Compact.

Dès qu'il est dans la voiture, le manque le défie.

Au feu rouge il pense à elle, quand son pied appuie sur l'accélérateur il pense à elle, quand il change de vitesse il pense à elle.

Il est midi et demi et il n'a pas faim. Il a un trou à la place de l'estomac. Une douleur brute. Quelque chose qui oppresse, qui brûle, qui n'appelle aucune nourriture, aucun réconfort.

Il a rencontré Lila une nuit d'automne, au Bar des Oies, dans cette partie de la rue qui grimpe vers le ciel. Jusque-là ils s'étaient croisés à plusieurs reprises, près de chez lui, devant la piscine ou aux alentours de la boulangerie. Cette fois ils étaient si proches qu'il leur fut impossible de se rater. Accoudé au comptoir, il avait regardé ce bracelet à son poignet qui n'allait pas avec l'ensemble, le contredisait. Et puis ses jambes maigres, ses talons trop hauts, et ses chevilles si fines qu'il avait eu envie de les tenir entre ses doigts. Il sortait d'une garde de douze heures, elle s'était approchée de lui, ou bien l'inverse, il ne saurait pas dire, il ne s'en souvient plus. Elle ne ressemblait pas aux femmes qui lui plaisaient, pourtant ils avaient bu plusieurs verres, et puis leurs langues s'étaient rencontrées. Sur le zinc, Lila avait attrapé sa main gauche, caressé la cicatrice du bout des doigts. Entre eux il avait été question de chimie : les corps étrangers parfois se mêlent, s'accordent, se confondent. Entre eux il avait été question de corps, sans aucun doute. Et comme il n'avait jamais tout à fait renoncé à ses expériences de petit garçon, il avait voulu voir si le mélange des peaux pouvait se transformer, s'accomplir.

Si la chimie – par contagion, par diffraction – pouvait s'épandre, s'éprendre.

Mais très vite il s'était heurté à elle. *Heurté*, le mot lui était venu. Très vite il s'était heurté à sa réserve, à sa distance, à ses absences. Très vite il avait compris qu'elle ne pouvait l'aimer qu'à l'horizontale, ou quand il la tenait par les hanches au-dessus de lui. Ensuite, il la regardait dormir de l'autre côté du lit, d'un sommeil profond, lointain. Dès le début, il s'était heurté à cet air d'indifférence qu'elle opposait à toute tentative d'effusion, à son visage fermé des lendemains, à son humeur maussade des fins de week-end, à son inaptitude aux plus élémentaires adieux.

Même après les nuits les plus intenses, au matin elle lui avait tendu ce visage clos, sur la pointe des pieds, sans signe d'émotion. Jamais, au moment de se séparer, il n'avait osé la prendre contre lui. De même, quand ils se retrouvaient après quelques jours ou quelques semaines sans se voir, l'élan qui toujours le propulsait vers elle semblait lui faire offense, heurtait son immobilité. Il n'y avait pas de prise. Rien à quoi s'accrocher.

Elle n'ouvrait pas les bras.

Il s'était longtemps demandé si Lila était ainsi, de manière essentielle, si ce refus de toute démonstration en dehors d'un lit était sa façon d'être, une donnée de base qu'il devait accepter et contre laquelle il ne pouvait rien. Ou si au contraire ce traitement lui était réservé, ne concernait que lui, une manière silencieuse de lui rappeler le registre dans lequel ils évoluaient, et qu'entre eux ne se jouait rien d'autre qu'une affaire de corps, rien qui pût s'apparenter de près ou de loin à une histoire. Ils n'étaient pas *ensemble*. Ils ne formaient rien, aucune géométrie, aucune figure. Ils s'étaient rencontrés et s'étaient contentés de reproduire cette rencontre, autant de fois qu'ils s'étaient vus : se mélanger l'un à l'autre et constater l'évidence de la fusion.

Lila était sa perte. Sa punition. Pour toutes les femmes qu'il n'avait pas su aimer, celles qu'il n'avait vues que quelques nuits, celles qu'il avait fini par quitter – parce que toujours quelque chose retombait qu'il ne savait pas nommer. C'était ridicule, mais il l'avait pensé : l'heure était venue pour lui de payer l'addition.

La relation amoureuse peut-être se réduisait à ce déséquilibre : dès lors qu'on voulait quelque chose, dès lors qu'on attendait, on avait perdu.

La chimie ne pouvait rien contre la mémoire et les amours de Lila, inachevées. Il ne pesait rien contre l'homme qu'elle attendait, espérait, un homme lisse auquel il ne ressemblait pas.

Et les mots, comme les liquides, s'étaient évaporés.

Rue Daviel, il s'est garé sur un passage piéton.

Il n'a pas envie de faire trois fois le tour pour chercher une place. Il est fatigué.

Les passants lui jettent des regards noirs. Peu importent son caducée et l'enseigne inscrite sur sa voiture, ils sont sur leur territoire. Dans la ville, on est piéton, cycliste ou automobiliste. On marche, on pédale ou on roule. On se toise, on se jauge, on se méprise. Dans la ville, il faut choisir son camp.

Un peu plus haut, Madame L. l'attend. Son bébé a trente-neuf de fièvre. Il la connaît. Il la voit quatre fois par mois. Elle pèse, mesure, guette, vérifie : elle fabrique de l'inquiétude. La base ne peut pas refuser d'envoyer un médecin. Question de responsabilité. Neuf fois sur dix, Thibault y va. Parce que Madame L. le connaît et qu'il ne perd pas patience. D'ailleurs, elle le demande, lui.

Il faut qu'il attrape sa mallette, qu'il s'extraie de la voiture, qu'il referme la portière.

Cette fois, c'est lui qui a perdu. Il aime une femme qui ne l'aime pas. Peut-être n'existe-t-il rien de plus violent que ce constat, cette impuissance ? Peut-être qu'il n'y a pas pire chagrin, pire maladie ?

Non, il sait bien que non. C'est ridicule. C'est faux.

L'échec amoureux n'est ni plus ni moins qu'un calcul coincé dans les reins. De la taille d'un grain de sable, d'un petit pois, d'une bille ou d'une balle de golf, une cristallisation de substances chimiques susceptible de provoquer une douleur forte, voire insoutenable. Qui finit toujours par s'éteindre.

Il n'a pas détaché sa ceinture. Derrière son pare-brise, il regarde la ville. Ce ballet incessant aux couleurs de printemps. Un sac en plastique vide qui danse dans le caniveau. Un homme courbé à l'entrée de la Poste que personne ne semble voir. Des poubelles vertes renversées sur le trottoir. Des hommes et des femmes qui entrent dans une banque, se croisent sur un passage piéton.

Il regarde la ville, cette superposition de mouvements. Ce territoire infini d'intersections, où l'on ne se rencontre pas.

Mathilde a installé ses dossiers sur les étagères, déposé ses stylos dans un pot, rangé ses fournitures dans le tiroir. Cela lui a pris une petite heure, en veillant à la lenteur des gestes, à ce que chaque décision advienne après plusieurs minutes de réflexion, disposer les choses ici ou là, au bord ou au milieu, au-dessus ou en dessous, pour quel usage.

De nouveau, elle attend.

On frappe à sa porte. Les deux techniciens du service informatique se tiennent sur le seuil, guettent son assentiment. Elle leur fait signe d'entrer. Elle les connaît. Ils s'occupent de la maintenance du parc informatique sur l'ensemble du site. Elle croise souvent le grand dans les couloirs. Le petit, elle le voit quand elle déjeune au self, il s'esclaffe à grand bruit, on ne peut ignorer sa présence.

Mathilde se lève et s'écarte pour leur laisser la place.

Ils échangent avec elle quelques considérations météorologiques. Elle joue le jeu, se félicite à voix haute d'apprendre que les prochains jours seront beaux. Comme si cela importait. Comme si cela pouvait avoir une incidence sur la suite des événements. Et puis ils se mettent au travail. Ils déballent, déroulent, branchent, assemblent.

En deux temps trois mouvements, ils ont installé un nouveau poste. Le grand effectue les dernières opérations nécessaires pour configurer l'appareil.

Pendant ce temps, le petit contemple le décolleté de Mathilde qui s'est assise. Elle porte l'un de ces soutiens-gorge qui ramènent les seins vers le centre pour qu'ils paraissent plus gros, les bretelles de dentelle sont de la même couleur que son chemisier. Là-dessus, elle n'a jamais lâché. S'habiller comme avant. Enfiler une jupe, un tailleur, se maquiller. Même si parfois elle n'avait plus la force. Même si venir en pyjama ou en jogging n'eût sans doute rien changé.

Voilà. Le grand redémarre l'ordinateur, il s'approche de Mathilde, il explique. Par défaut, elle est reliée à l'imprimante de l'étage, la laser Infotec-XVGH3018. Si elle veut éditer en couleur, elle doit sélectionner une autre imprimante.

Mathilde essaie de compter depuis combien de temps elle n'a pas imprimé un document.

Le grand a vu la carte posée près d'elle.

— *Le Défenseur de l'Aube d'Argent* ! Vous en avez de la chance, mon fils vendrait père et mère pour avoir cette carte ! C'est à vous ?

— Oui, mon fils l'avait en double, il me l'a donnée.

— Je vous l'achète !

— Ah non, je suis désolée…

— Allez, dix euros ?

— Je regrette, ce n'est pas possible.

— Vingt euros ?

— Je regrette, vraiment. C'est un cadeau. Et puis… je… j'en ai vraiment besoin.

Ils la saluent. Ils s'en vont.

Elle les entend rire dans le couloir.

Elle a dit j'en ai vraiment besoin. Comme si sa vie en dépendait.

Mathilde attrape la souris, s'approche du clavier. Elle clique sur l'icône d'Internet Explorer, tombe sur la page Google, tape *World of Warcraft*.

Elle n'a aucun mal à trouver les règles. *WOW* est un jeu vidéo ou en ligne avant d'être un jeu de cartes. Il compte des milliers d'adeptes à travers le monde.

Elle lit avec attention.

De l'autre côté de la *Porte des Ténèbres*, chaque joueur est un héros. Les cartes dont il dispose lui permettent de s'équiper d'armes et d'armures, d'utiliser des sorts et des talents, de recruter des alliés au sein de son groupe. En cours de partie, les cartes servent à infliger des dommages aux héros adverses ou, au contraire, à se protéger de leurs attaques. Le but du jeu est de tuer ses adversaires. Chaque carte héros a une valeur de santé inscrite dans le coin inférieur droit. Celle-ci indique combien de dommages ce héros peut subir. Les dommages subis sont permanents et non réversibles. Si le joueur reçoit des dommages supérieurs ou égaux à sa santé (« dommages fatals »), la partie est terminée. Le héros peut attaquer et se défendre contre les héros et alliés adverses mais, pour infliger des dommages en combat, il doit frapper avec une arme. Les cartes mortes, détruites ou défaussées vont dans le cimetière de chaque joueur.

Dans le cimetière, les cartes doivent être posées face recto.

Mathilde observe *Le Défenseur de l'Aube d'Argent*.
Sa valeur de santé est de deux mille points.
C'est une figure de défense, elle ne peut servir à l'attaque.

Le problème, c'est que Mathilde ne possède qu'une carte.
Le problème, c'est qu'elle a déjà subi un certain nombre de dommages.
Et qu'elle ignore combien de points il lui reste.

Avant, elle déjeunait avec Éric, Jean ou Nathalie. Parfois, ils déjeunaient tous ensemble, l'équipe au grand complet.

Maintenant ils se dispersent, les uns vont à la cantine, les autres au restaurant, ils ne la préviennent pas.

Ses alliés ont disparu, ils ont pris les chemins de traverse. Ils quittent Azeroth sur la pointe des pieds, ils ont des *déjeuners à l'extérieur*, des courses à faire, ils avalent un sandwich sur le pouce.

De temps en temps, Éric ou Nathalie lui proposent de sortir avec eux. Quand Jacques est à l'étranger. Quand ils le savent loin.

Il est treize heures, les bureaux se sont vidés d'un seul coup, comme une salle de classe après la sonnerie.

Depuis quelques semaines, le plus souvent, Mathilde déjeune avec Laetitia. À la cantine ou ailleurs. Laetitia travaille au service logistique. Elles se sont rencontrées dans une formation interne. Elles ont continué de se voir.

Mais ce midi, Laetitia ne peut pas. Elle a rendez-vous chez le dentiste, elle est désolée, si elle avait su. Surtout aujourd'hui, ça tombe si mal. En quelques mots, Mathilde lui raconte la visite impromptue de Patricia Lethu. À l'autre bout du fil, Laetitia laisse échapper un ricanement.

— Il serait temps qu'elle prenne la mesure du problème, Mathilde. Je veux bien comprendre qu'elle ait le cul entre deux chaises, mais bon, après tout, c'est inhérent à sa fonction. Un genre de contradiction dans les termes, si tu vois ce que je veux dire. Il faudra bien qu'elle choisisse. Qu'elle prenne ses responsabilités. Parce qu'il arrive un moment où on ne peut plus ménager la chèvre et le chou.

— Il y a longtemps que la chèvre a englouti le chou.

— C'est ce que tu crois et c'est bien ça le problème. Mais tu es là, Mathilde. Tu tiens depuis huit mois, là où d'autres seraient anéantis. Tu tiens, Mathilde, et il est temps que cela s'arrête.

Laetitia a une vision simple de l'entreprise. Assez proche de celle qui gouverne le monde d'Azeroth : les bons se battent pour faire valoir leurs droits. Les bons ne sont pas dénués d'ambition, mais refusent le saccage et la mesquinerie pour parvenir à leurs fins. Les bons ont une éthique. Ne piétinent pas leurs voisins. Les méchants ont investi leur vie dans le marécage de l'entreprise, ils n'ont d'autre identité que celle inscrite sur leur fiche de paie, ils sont prêts à tout pour gravir un échelon ou un coefficient de classification. Il y a longtemps qu'ils ont renoncé à leurs principes si d'aventure ils en ont eu.

Avant, les discours de Laetitia, ses nomenclatures radicales, sa manière de diviser le monde en deux, faisaient sourire Mathilde. Parfois, elles se disputaient. Maintenant, elle se demande si, au fond, Laetitia n'a pas raison. Si l'entreprise n'est pas le lieu privilégié d'une mise à l'épreuve de la morale. Si l'entreprise n'est pas, par définition, un espace de destruction. Si l'entreprise, dans ses rituels, sa hiérarchie, ses modes de fonctionnement, n'est pas tout simplement le lieu souverain de la violence et de l'impunité.

Laetitia vient travailler tous les jours armée de la même humeur joviale. Elle a tracé une ligne de force entre sa vie privée et sa vie professionnelle, elle ne mélange pas. Elle est hermétique aux ragots et aux bruits de couloir, se fout de savoir si Patricia Lethu est la maîtresse de Pierre Chemin et si Thomas Frémont est homosexuel. Elle traverse les couloirs avec l'allure altière qui est la sienne, le menton haut, elle respire un autre air, plus élevé, plus pur. Elle pointe à dix-huit heures trente tous les soirs et sa vie est ailleurs.

Laetitia a été la première à deviner ce qui arrivait à Mathilde. Peu à peu. Elle a surpris des conversations. Ici ou là. Laetitia a compris ce qui se passait avant même que Mathilde en prenne conscience. Elle n'a jamais cessé de lui poser des questions, de demander des détails, ne s'est pas contentée de ses réponses évasives ni de ses lignes de fuite. Elle a respecté son silence, sa pudeur. Mais elle n'a jamais lâché prise.

Le téléphone a sonné de nouveau, c'était Patricia Lethu. La DRH voulait l'informer qu'elle avait pris les choses en main. Transmis son CV dans toutes les filiales du groupe et retenu quelques offres de recrutement internes qui pourraient l'intéresser. Elle devait voir Jacques dans l'après-midi pour évoquer la question avec lui. Les choses allaient s'arranger. Au moment où Mathilde allait raccrocher, Patricia Lethu l'a retenue. Sa voix avait repris une forme d'assurance.

— Je n'ai peut-être pas pris la mesure de vos difficultés assez tôt, Mathilde et je m'en excuse. Mais je veux que vous sachiez que je m'en occupe. Et j'en fais une affaire personnelle.

Il est treize heures vingt. Mathilde attend encore pour tenter une sortie. Elle n'a pas envie de croiser Jacques, ni qui que ce soit appartenant à l'étage.

Elle enfile sa veste, glisse *Le Défenseur de l'Aube d'Argent* dans son sac, se dirige vers l'ascenseur.

La porte du bureau de Jacques est fermée.

Comme Mathilde sort de l'immeuble, elle hésite à se diriger vers le restaurant d'entreprise. De là où elle se trouve, elle distingue la file d'attente qui longe la façade sur quelques mètres.

Finalement elle s'approche, prend sa place dans la queue. Elle déjeunera vite, puis elle ira boire un café chez Bernard. Elle vérifie qu'elle n'a pas oublié la carte magnétique du self.

Elle attend derrière les autres, regarde ses pieds. Son tour arrive, elle se glisse dans le portillon. Une fois à l'intérieur, il reste quelques minutes d'attente avant d'accéder aux plats.

Il faut prendre son plateau, le faire glisser sur les rails, choisir entre le menu minceur, le menu gastronomique et le menu exotique. Choisir entre les betteraves décorées d'une fine tranche de citron, les carottes râpées surmontées d'une pincée d'œuf mimosa, ou le céleri rémoulade et sa fleur de persil. Attraper un petit pain avec une pince, un ou deux sachets de sel, attendre devant la caisse. Tendre sa carte, prendre son ticket. Dire bonjour, bon appétit, merci, signes de la main, sourires éteints. Choisir une table, manger dans le brouhaha des conversations de bureau, invariables, avariées.

Mathilde s'est assise à l'écart, derrière un poteau. Elle garde les yeux rivés sur son assiette, elle avale sans y penser, elle se laisse porter par le bruit et puis les mots reviennent, la roue tourne comme le bas des robes à fleurs, Jacques Pelletier dit que, je l'ignorais, je vais m'en occuper, vous montrez des signes de résistance, le train en direction de Melun entrera en gare voie 3, je vais m'en occuper, les cartes permettent de recruter des alliés au sein du groupe, vous n'adhérez pas aux orientations de l'entreprise, vous n'êtes ici qu'à titre provisoire, parce qu'il arrive un moment où on ne peut plus ménager la chèvre et le chou, je n'ai pas pris la mesure de vos difficultés assez tôt, je vais commencer par appeler le service informatique, cela ne peut pas durer, les dommages subis sont permanents et non réversibles, les dommages subis sont permanents et non réversibles.

Mathilde s'est levée sans avoir terminé son assiette, elle a reposé son plateau dans le chariot prévu à cet effet, elle est sortie. Elle a marché jusqu'à la Brasserie de la Gare, s'est installée sur une petite table au milieu de la salle. Bernard est sorti de derrière son comptoir pour l'accueillir.

Il est assis en face d'elle, il sourit.

Il voit bien qu'elle a perdu des points, plusieurs centaines, depuis ce matin.

Elle aimerait qu'il la prenne dans ses bras. Comme ça, sans rien dire, juste un instant. Se reposer, quelques secondes, prendre appui. Sentir son corps se relâcher. Respirer l'odeur d'un homme.

Dans l'entreprise, on raconte que le patron de la brasserie est amoureux d'elle. Qu'il l'aurait demandée en mariage. On raconte qu'il attend chaque matin le moment où Mathilde franchit sa porte pour boire son café. Qu'il espère qu'un jour elle changera d'avis.

Bernard est reparti derrière le zinc, il rince les verres.

Elle rêve parfois d'un homme à qui elle demanderait : est-ce que tu peux m'aimer ? Avec toute sa vie fatiguée derrière elle, sa force et sa fragilité. Un homme qui connaîtrait le vertige, la peur et la joie.

Qui n'aurait pas peur des larmes derrière son sourire, ni de son rire dans les larmes. Un homme qui saurait.

Mais les gens désespérés ne se rencontrent pas. Ou peut-être au cinéma. Dans la vraie vie, ils se croisent, s'effleurent, se percutent. Et souvent se repoussent, comme les pôles identiques de deux aimants. Il y a longtemps qu'elle le sait.

Maintenant Mathilde observe au fond de la salle une fille et un garçon, jambes mêlées sous la table. Ils sont jeunes. La fille porte une jupe très courte, elle parle fort. Le garçon la dévore des yeux. Ils partagent une assiette de spaghettis. La main du garçon caresse la cuisse de la fille.

Mathilde attend son café. Elle pense à cette question que Simon lui a posée, l'autre jour, à brûle-pourpoint : « À partir de quand on est un couple ? »

Elle préparait le repas, il s'était installé près d'elle pour faire ses devoirs. Les jumeaux étaient dans leur chambre.

Elle savait qu'il sortait avec une fille, depuis quelque temps, qu'il était amoureux.

Elle a cherché longtemps une réponse, une vraie réponse.

Elle a dit, attends, je réfléchis. Et puis après quelques secondes :

— Quand on pense à l'autre tous les jours, quand on a besoin d'entendre sa voix, quand on s'inquiète de savoir si il ou elle va bien.

Simon la regardait. Cela ne suffisait pas. Il attendait d'autres mots.

— Quand on est capable d'aimer l'autre tel qu'il est, quand on est seul à voir ce qu'il peut devenir, quand on a envie de partager l'essentiel, de le projeter sur une surface nouvelle, inventée… je ne sais pas. Quand cela devient plus important que tout le reste.

Elle aurait voulu être deux pour répondre à ces questions.

Être un couple, justement.

Elle est seule et elle répond d'une seule voix. Une voix amoindrie, tronquée. Ses fils grandissent et il leur manque un père. Sa représentation masculine, sa façon d'envisager le monde, son expérience.

Elle est une femme face à trois garçons qui n'en finissent pas de grandir, de changer, de se transformer. Seule face à leur étrangeté.

Il y a dix ans que Philippe est mort.

Dix ans.

La mort de Philippe fait partie d'elle. Elle est inscrite dans chacune des cellules de son corps. Dans la mémoire des fluides, des os, du ventre. Dans la mémoire des sens. Et ce premier jour de printemps, baigné de soleil. Une cicatrice pâle, qui se confond avec la peau.

Pour la première fois depuis la naissance des jumeaux, ils partaient en week-end sans les enfants. Tous les deux. Théo et Maxime venaient d'avoir un an. Un an de nuits entrecoupées, somnambules,

de purées de légumes et de biberons à bonne tem-
pérature, un an de machines à remplir, de linge à
étendre, de caddies débordant poussés dans les
allées du Carrefour.

Ils venaient de laisser les trois garçons chez
les parents de Philippe, dans leur maison de
Normandie, ils roulaient vers la mer. Ils étaient
épuisés. Mathilde avait réservé dans un hôtel à
Honfleur. Philippe conduisait, elle avait regardé
défiler les arbres tout au long de la route, elle s'était
endormie.

Et puis il y a eu ce bruit, aigu, le crissement des
pneus sur le goudron, comme un hurlement. Une
déchirure dans l'engourdissement du sommeil.
Quand Mathilde a ouvert les yeux, ils étaient au
milieu d'un champ. En contrebas de la route.
L'avant de la voiture était enfoncé, les jambes de
Philippe étaient dessous. Tout le bas de son corps,
jusqu'à la taille, avalé par la tôle.

Philippe était conscient. Il n'avait pas mal.

Ils venaient de faire dix ou douze tonneaux, ils
avaient percuté un arbre. Elle l'a su plus tard.

Elle a regardé autour d'elle, les arbres, les
champs à perte de vue. Son corps s'est mis à trembler, elle n'arrivait plus à respirer, la terreur enflait,
silencieuse.

Ils ne roulaient plus vers l'hôtel. Ils n'allaient pas
dîner au restaurant, ni passer des heures à se caresser sous les draps. Ils n'allaient pas traîner au lit. Ils

n'allaient pas prendre des bains et boire du vin tard dans la nuit.

Ils étaient là, côte à côte, au milieu de nulle part. Quelque chose de grave était arrivé. Quelque chose d'irrémédiable.

Elle a caressé son visage, son cou. Elle a passé ses doigts sur sa bouche, ses lèvres étaient sèches, il a souri.

Philippe lui a demandé de remonter chercher du secours. De la route, on ne les voyait pas.

Les jambes de Mathilde se cognaient l'une contre l'autre, les dents aussi.

Sa portière était coincée, elle a forcé un peu. Elle est sortie de la voiture, elle a fait le tour, elle est venue de son côté. Elle l'a regardé à travers la vitre, ses jambes et ses hanches, englouties, elle a eu un moment d'hésitation. Tout semblait si calme.

Elle s'est retournée, une dernière fois, elle s'est éloignée. Les sanglots sont venus, ils arrachaient sa gorge, elle a marché jusqu'au talus. Elle s'est accrochée aux buissons et aux herbes hautes pour grimper jusqu'en haut, les paumes sciées jusqu'au sang. Elle s'est postée sur le bas-côté, elle a levé les bras. La première voiture s'est arrêtée.

Quand elle est redescendue, Philippe avait perdu connaissance.

Il est mort trois jours après.

Mathilde venait d'avoir trente ans.

Des mois qui ont suivi, elle garde peu de souvenirs. Ce temps anesthésié, amputé, ne lui appartient pas. Il est en dehors d'elle. S'est dérobé à la mémoire.

Après l'enterrement, elle s'est installée chez sa mère avec les garçons. Elle a avalé les médicaments, bleus et blancs, rangés par prises dans une boîte transparente. Elle est restée allongée des jours entiers, les yeux rivés au plafond. Ou debout, dans sa chambre de jeune fille, le dos collé au mur, incapable de s'asseoir. Elle a passé des heures, recroquevillée sous la douche brûlante, jusqu'à ce que sa mère vienne la relever.

La nuit, elle tâtonnait dans le silence, ouvrait la porte pour regarder les garçons dormir. Ou bien elle s'allongeait par terre, à côté d'eux. Elle posait sa main sur leurs corps, approchait son visage de leur bouche, jusqu'à sentir leur souffle.

Elle puisait sa force.

Il lui semblait alors qu'elle pourrait passer là le reste de sa vie. Prise en charge. À l'abri du monde. N'avoir rien d'autre à faire qu'écouter battre sa douleur. Et puis un jour elle a eu peur. De redevenir une enfant. De ne plus pouvoir partir.

Alors peu à peu, elle a réappris. Tout. Manger, dormir, s'occuper des garçons. Elle est revenue d'une torpeur sans fond, de l'épaisseur du temps.

À la fin de l'été, elle est retournée dans l'appartement. Elle a rangé, trié, vidé. Elle a donné les affaires de Philippe à Emmaüs, elle a gardé ses disques, sa bague en argent et ses carnets moleskine. Elle a trouvé une autre location. Elle a déménagé. Simon est entré au CP. Elle a commencé à chercher du travail.

Quelques mois plus tard, elle a vu Jacques pour la première fois. Après trois entretiens, Jacques l'a embauchée. Sa mère est venue tous les jours garder Théo et Maxime jusqu'à ce que Mathilde obtienne une place en crèche.

Elle avait recommencé à travailler. Elle prenait le RIVA, elle parlait avec des gens, elle se rendait chaque matin dans un endroit où on l'attendait, elle appartenait à un service, elle donnait son avis, parlait de la pluie et du beau temps devant la machine à café.

Elle était vivante.

Ils avaient été heureux, Philippe et elle, ils s'étaient aimés. Elle avait eu cette chance. Ces années étaient inscrites dans son corps. Le rire de Philippe, ses mains, son sexe, ses yeux brillants de fatigue, sa façon de danser, de marcher, de prendre les garçons dans ses bras.

Aujourd'hui la mort de Philippe n'est plus une douleur.

La mort de Philippe est un manque qu'elle a apprivoisé. Avec lequel elle a appris à vivre.

Philippe est sa part manquante, un membre amputé dont elle garde la sensation précise.

Aujourd'hui la mort de Philippe n'entrave plus sa respiration.

À trente ans, elle a survécu à la mort de son mari. Aujourd'hui elle en a quarante et un connard en costume trois pièces est en train de la détruire à petit feu.

Mathilde a bu son café, elle a laissé le compte sur la table. Une fois dehors, elle a levé la tête vers le ciel, elle est restée là un moment, à observer la fuite des nuages, leur vitesse silencieuse.

Pendant quelques secondes elle a pensé se diriger vers la gare. Ne pas retourner au bureau. Rentrer chez elle, tirer les rideaux, s'allonger sur son lit.

Elle a hésité. Il lui a semblé que son corps n'avait plus la force.

Pourtant elle a emprunté le même chemin que le matin, elle a marché jusqu'à l'immeuble, s'est glissée dans la porte tambour. Elle a repris un café au distributeur en pensant qu'elle en buvait trop, elle est montée dans l'ascenseur, elle est passée devant les larges vitres, au loin elle a entendu la voix de Jacques, elle n'a pas regardé. Elle a longé le couloir jusqu'à son nouveau bureau. Elle a enlevé sa veste, elle s'est assise. Elle a secoué la souris pour ranimer l'ordinateur.

En son absence, le CD-Rom contenant ses dossiers personnels avait été déposé sur sa table.

Elle n'est rien d'autre qu'un bon petit soldat. Usé, claudicant, ridicule.

Elle n'a pas voulu lâcher. Céder du terrain. Elle a voulu être là, garder les yeux ouverts. Par une absurde manifestation de son orgueil ou de sa vaillance, elle a voulu se battre. Seule.

Maintenant elle sait qu'elle s'est trompée.

Sur un bloc-notes resté vierge, elle établit la liste des choses qu'elle pourrait faire pour occuper le temps. Téléphoner à la SNCF et réserver les billets de train des vacances, explorer le site de *World of Warcraft* pour approfondir sa connaissance des règles du jeu, passer une commande à la Redoute, envoyer un mail au syndic pour cette histoire de parking à vélo dont personne n'a la clé.

Elle doit tenir jusqu'à dix-huit heures.

Même si elle n'a rien à faire. Même si cela n'a aucun sens.

Mathilde sort *Le Défenseur de l'Aube d'Argent* de sa poche, le pose à côté d'elle, à portée de main.

Quand l'ordinateur se met en veille, le fond d'écran se transforme en aquarium. Des poissons de toutes les couleurs se heurtent aux parois, sont renvoyés d'un côté, puis de l'autre, inlassablement. Ils se croisent, se frôlent, de fines bulles sortent de leur bouche. Ils n'ont pas l'air de souffrir.

Peut-être que tout est là : dans cette inconscience.

Ainsi la vie en bocal est-elle possible tant que tout glisse, tant que rien ne heurte ni ne s'affole.

Et puis un jour, l'eau se trouble. Au début, c'est imperceptible. À peine un voile. Quelques particules de vase déposées au fond, invisibles à l'œil nu. En silence, quelque chose se décompose. On ne sait pas bien quoi. Et puis l'oxygène vient à manquer.

Jusqu'au jour où un poisson devenu fou se met à dévorer tous les autres.

Quand Thibault est revenu vers sa voiture, un PV ornait son pare-brise et flottait au vent. Il est entré dans le café le plus proche, le bruit l'a assailli d'un seul coup, il a hésité quelques secondes à s'engager plus loin. Après avoir commandé un sandwich au comptoir, il a envoyé un SMS à Rose pour la prévenir qu'il s'accordait une pause de vingt minutes.

Thibault s'est assis sur le tabouret resté libre. Il a coupé son portable.

Il est fatigué. Il aimerait qu'une femme le prenne dans ses bras. Sans rien dire, juste un instant. Se reposer, quelques secondes, prendre appui. Sentir son corps se relâcher. Parfois il rêve d'une femme à qui il demanderait : est-ce que tu peux m'aimer ? Avec toute sa vie fatiguée derrière lui. Une femme qui connaîtrait le vertige, la peur et la joie.

Est-ce qu'il pourrait aimer une autre femme ?

Maintenant.

Est-ce qu'il pourrait désirer une autre femme : sa voix, sa peau, son parfum ? Est-ce qu'il serait prêt à recommencer, encore une fois ? Le jeu de la rencontre, le jeu de la séduction, les premiers mots, le premier contact physique, les bouches et puis les sexes, est-ce qu'il a encore la force ?

Est-ce qu'au contraire, il est amputé de quelque chose ? Est-ce que dorénavant quelque chose lui manque, lui fait défaut ?

Recommencer. Encore.

Est-ce que cela est possible ? Est-ce que cela a un sens ?

À côté de lui, un homme en costume sombre déjeune debout en feuilletant le journal. Il a envie de fermer les yeux, de ne plus rien entendre, de s'extraire, le temps que quelque chose s'apaise, à l'intérieur de lui, quelque chose qu'il ne parvient pas à contenir.

— Est-ce que je sais, moi, ce que ça veut dire, être ensemble, quelle forme ça peut prendre, à l'âge que j'ai, à quoi ça ressemble, avec toutes les histoires minables qu'on trimbale derrière soi, tu le sais toi ?

Thibault s'est tourné vers la femme assise de l'autre côté. Pendant quelques secondes il a cru qu'elle parlait seule, et puis il a vu l'écouteur accroché à son oreille et le capteur qui dansait devant sa bouche. Elle s'est mise à parler de plus en plus fort, indifférente aux regards.

— Non, je n'y crois plus. T'as raison, voilà, c'est exactement ça ! Je n'y crois plus. J'ai pas envie de me faire mener en bateau, voilà. Parce que j'ai mal au cœur, tu vois, j'ai le mal de mer, oui, j'ai la trouille, oui, d'accord, si tu veux, et alors ? La peur est parfois bonne conseillère. Je… comment ?

Les jambes croisées, le dos droit, elle tient comme par miracle sur les hauteurs de son tabouret, un talon calé sur le barreau d'acier. Son portable est posé devant elle. Elle regarde son verre vide, et dans l'inconscience absolue de ce qui l'entoure, agite les bras quand elle parle.

Il a envie de poser sa main droite sur l'épaule de cette femme pour attirer son attention. De lui dire fermez votre gueule on n'entend que vous.

Derrière lui, une dizaine de conversations se mêlent au bruit des couverts et des chaises tirées sur le carrelage. Derrière lui, on trinque, on s'esclaffe, on se lamente.

Il a envie d'être seul. Il a chaud et en même temps il a froid. Il n'est pas sûr d'avoir la migraine mais peut-être que oui. Il perçoit son corps d'une manière étrange. Son corps est un terrain vague, un territoire abandonné, relié pourtant au désordre alentour. Son corps est sous tension, prêt à imploser. La ville l'étouffe, l'oppresse. Il est fatigué de ses hasards, de son impudeur, de ses fausses accointances. Il est fatigué de ses humeurs feintes et de ses illusoires mixités. La ville est un mensonge assourdissant.

— Alors, qu'est-ce que tu en penses ?

Laetitia a surgi dans son bureau sans frapper. Elle tourne sur elle-même, prend des poses, s'éloigne, se rapproche, elle attend l'avis de Mathilde.

— Elle est superbe, elle te va très bien. Tu l'as achetée ce week-end ?

— Oui. C'est d'autant plus absurde que j'en ai déjà une bleue et une noire… Tu sais, celle que je portais l'autre jour… c'est la même… Quand je suis rentrée chez moi, je me suis sentie pitoyable.

— Au contraire, dis-toi que ton processus d'achat obéit à une logique implacable ! Qu'il y a une cohérence dans ta manière d'aborder le vêtement, une forme de constance.

Laetitia rit.

Mathilde aime cette fille. Sa manière de faire diversion, de ne pas commencer par le drame, d'éviter la compassion.

Laetitia n'est pas venue avec l'air accablé que n'importe qui aurait adopté en cette circonstance, elle est venue avec sa nouvelle veste et cette apparente futilité à laquelle elle n'a jamais renoncé.

— Bon et toi ? Tu vas te décider à aller voir Paul Vernon ? Parce que maintenant, Mathilde, il faut que tu aies un syndicat derrière toi. Seule, tu ne peux pas y arriver. Tu n'es pas de taille. Ce type est un malade, et il n'a pas fini de t'emmerder. Tu étais sa créature, sa chose, et tu lui as échappé. C'est ce qu'on dit ici, tu sais. Entre autres. Cela ne s'arrangera pas tout seul, Mathilde.

Laetitia jette un regard circulaire.

— Non mais regarde-moi ça, non mais franchement, c'est une honte !

Laetitia ne parle pas à voix basse. Elle veut qu'on l'entende. Un peu plus, elle se posterait dans le couloir avec un porte-voix pour crier au scandale.

— Patricia Lethu m'a rappelée tout à l'heure, elle a pris les choses en main. Elle cherche un autre poste, vraiment. Je crois qu'elle s'en occupe.

— Écoute, Mathilde, tant mieux. Mais toi, de ton côté, tu ne dois rien lâcher. Tu dois te protéger. Continuer exactement comme si la guerre allait se poursuivre. Tu dois envisager le pire.

Et puis après un silence, Laetitia ajoute :

— Méfie-toi. Promets-moi que tu verras Paul, ne serait-ce que pour un conseil. Il faut que tu te fasses aider, Mathilde. Ne reste pas seule.

Laetitia est repartie. Elle avait un rendez-vous.

Mathilde n'a pas réussi à lui dire qu'elle avait appelé Paul Vernon. La semaine dernière. En quelques phrases, Paul Vernon a compris. Il lui a répété, plusieurs fois, qu'il ne fallait pas démissionner. Quoi qu'il arrive et sous aucun prétexte. Il lui a expliqué comment garder trace de tout, consigner chaque détail, décrire de la manière la plus factuelle possible ce qui avait changé, l'évolution objective de la situation. Il lui a suggéré de rédiger une sorte de chronologie afin de retracer la détérioration de ses rapports avec Jacques, étape par étape, de noter les dates clé. Elle doit constituer un dossier.

Dans le récit de Mathilde, rien n'a semblé l'étonner. Ni la situation dans laquelle elle se trouve, ni le temps qu'il lui a fallu pour appeler.

Il a dit : dans ces cas-là, on attend toujours trop longtemps. On cherche à lutter et on s'épuise.

Si cela s'envenime, il faudra des témoignages. Il faudra apporter la preuve qu'elle a été dépossédée de ses missions, que le contenu de son poste a été modifié. Apporter la preuve qu'elle n'a plus d'objectifs, qu'elle est tenue à l'écart. Il faut que d'autres prennent le risque de la soutenir. Ses collaborateurs. Des gens de son service. Des gens des autres services. Parce que rien, bien sûr, n'est écrit ni officialisé. Rien n'est vérifiable.

Paul Vernon devait partir aux Prudhommes pour une affaire de licenciement sur un site de production, Mathilde a promis de le rappeler.

C'était il y a une semaine et elle ne l'a pas fait. Malgré tout ce temps vide étalé devant elle, elle n'a pas commencé non plus à rédiger le document qu'il lui a demandé.

Elle n'a pas dit à Laetitia qu'elle avait appelé Paul Vernon parce qu'elle n'a plus la force. Parce que c'est trop tard. Elle n'est pas en mesure de faire ce qu'il attend d'elle. Elle ne sait plus parler, elle n'a plus de mots. Elle qui était redoutée pour son aisance rhétorique. Elle qui était capable de faire admettre son point de vue, seule contre dix, lorsqu'elle remplaçait Jacques au Comité de Direction. Au téléphone, Paul Vernon n'a pas pu s'en rendre compte, mais c'est trop tard. Maintenant elle fait partie des faibles, au sens où Patricia Lethu l'entend. Des transparents, des rabougris, des silencieux. Maintenant elle dépérit dans un bureau près des chiottes parce que c'est la seule place qu'elle mérite. Et il n'y a aucune raison que cela s'arrête.

Mathilde regarde la liste qu'elle vient de rédiger, ces choses minuscules qu'elle n'arrive plus à entreprendre.

Éric passe devant son bureau pour aller aux toilettes, il jette un coup d'œil furtif à l'intérieur, ne s'arrête pas.

Elle l'entend de l'autre côté de la cloison : verrou, ventilateur, jet d'urine, papier, chasse d'eau, lavabo.

Il passe de nouveau devant sa porte, Mathilde l'appelle.

Il s'approche, hésitant, mal à l'aise, elle dit : assieds-toi.

Depuis quelques semaines, Mathilde a développé une forme d'intuition de la position de l'autre en tant que partenaire ou adversaire. Dans le monde d'*Azeroth*, au seuil de la porte des Ténèbres, il importe de connaître ses alliés.

Elle l'a recruté elle-même il y a trois ou quatre ans. Elle s'est battue pour l'imposer. Il est devenu l'un des meilleurs chefs produit de l'équipe.

Éric échappe à son système de reconnaissance. Il est flou.

— Éric, je voudrais te demander quelque chose.
— Oui ?
— Est-ce que tu pourrais écrire une lettre, avec quelques faits concrets, précis. Pas une lettre contre Jacques, ni contre qui que ce soit, plutôt un bilan de la situation actuelle. Par exemple que je n'ai plus la responsabilité directe de l'équipe, que je n'anime plus le planning et que je n'interviens plus dans aucune décision ? Seulement ça : constater que je ne participe plus à rien.

Il y a eu ce silence. Les joues d'Éric se sont empourprées.

Éric a regardé autour de lui, le bureau sans fenêtre, les meubles recouverts de poussière. Il a frotté ses mains sur ses cuisses, machinalement, il a éloigné sa chaise. Il a parlé sans la regarder.

— Je ne peux pas, Mathilde. Tu sais que je ne peux pas me permettre de perdre mon boulot, de… Je… ma femme est enceinte, elle ne travaille pas, je… Je suis désolé. Je ne peux pas.

Éric est reparti sur la pointe des pieds.

Elle ne demandera pas à Jean, ni à Nathalie, ni à personne d'autre. Elle sait à quoi s'en tenir.

Les autres poissons ont des couleurs flamboyantes, leurs écailles sont douces en apparence, leurs nageoires ne sont pas endommagées. Ils se sont éloignés d'elle, ils naviguent dans d'autres eaux, plus claires, plus limpides.

Elle a perdu ses couleurs, son corps est devenu translucide, elle gît à la surface, ventre à l'air.

Mathilde ne regarde pas sa montre, ni l'horloge en bas de l'écran de l'ordinateur, ni celle du téléphone. Si elle commence à regarder l'heure, le temps s'étire, se distend, s'éternise.

Il ne faut rien compter. Ni le temps écoulé, ni celui qu'il reste à combler.

Il ne faut pas écouter la rumeur venue des bureaux, à l'autre bout du couloir, les éclats de voix, les bribes de conversation en anglais, les sonneries de téléphone.

Le bruit des gens qui travaillent.

Il ne faut pas écouter non plus le torrent de la chasse d'eau. En moyenne toutes les vingt minutes.

Être là, maintenant, à cet endroit, lui semble moins difficile. Elle s'est habituée.

Si elle y réfléchit, elle n'a fait que ça, depuis le début : s'habituer. Oublier le temps d'avant, oublier que les choses ont pu être différentes, oublier qu'elle a su travailler. S'habituer et se perdre.

Mathilde regarde le CD contenant la copie de ses dossiers personnels. Elle hésite à l'insérer dans le lecteur, elle renonce. À quoi bon transférer les fichiers sur son nouveau poste ?

Demain elle sera peut-être ailleurs, quelque part dans les sous-sols, près des cuisines de la cantine ou du local à poubelles. Ou bien elle sera mutée dans un autre département, une autre filiale, quelque part où elle recevra des appels, des e-mails, où on attendra d'elle des projets, des opinions, des documents, où elle retrouvera le goût d'être là.

Elle appuie sur une touche du clavier pour remettre l'ordinateur en activité. Chaque poste contient sa mémoire propre, qu'on appelle le C. Le C comprend « *Mes documents* », « *Ma musique* », « *Mes images* ». Son C est vide puisqu'elle vient d'obtenir une nouvelle machine. Tous les ordinateurs sont reliés au serveur de l'entreprise. Le serveur s'appelle M. Chaque service dispose d'un répertoire sur le réseau. Le répertoire du Département « Marketing et International » s'appelle MKG-INT. Chacun est tenu d'y enregistrer l'ensemble des documents qui concernent l'activité du service. Depuis quelques semaines, il arrive que Mathilde consulte ce répertoire, afin de voir les nouveaux plans d'action des marques ou le suivi des opérations promotionnelles. Elle se tient au courant. Même si elle n'est plus sollicitée, même si elle ne participe plus, même si cela ne sert à rien.

Mathilde clique deux fois sur l'icône du M. Le serveur s'ouvre, elle repère le répertoire, clique de nouveau.

Un message d'erreur s'affiche aussitôt :
  « M / MKG-INT / Size n'est pas accessible.
              Accès refusé. »

Mathilde essaie une nouvelle fois, le même message apparaît.

Le service de maintenance a sans doute oublié de configurer les autorisations à partir de son nouveau poste.

Elle compose le numéro. Elle reconnaît la voix du technicien venu le matin même, celui qui lui a demandé la carte du *Défenseur de l'Aube d'Argent*.

Elle se présente, explique son problème. Elle entend le cliquetis du clavier, le souffle de l'homme dans le combiné : il vérifie.

— Cela n'a rien à voir avec votre nouvelle machine. Vous ne disposez pas des autorisations d'accès pour ce répertoire.

— Pardon ?

— Nous avons eu une note de service, vendredi, vous ne figurez plus sur la liste.

— Mais quelle liste ?

— Chaque département a été sollicité pour redéfinir ses autorisations d'accès, à la fois au niveau des répertoires et des sous-répertoires… La demande de votre service ne vous donne pas d'accès sur ce répertoire.

— Qui a signé le document ?

— Le responsable, je suppose.

— Quel responsable ?

— M. Pelletier.

Il arrive un moment où il faut que les choses s'arrêtent. Où ce n'est plus possible.

Elle va l'appeler. Elle laissera sonner autant que nécessaire, vingt minutes s'il le faut.

Mais d'abord il faut qu'elle se calme. Qu'elle respire. Qu'elle attende que ses mains aient cessé de trembler.

D'abord, il faut qu'elle ferme les yeux, qu'elle déserte le territoire de la colère et de la haine, qu'elle éloigne le flot d'injures qui lui vient à l'esprit.

Au bout d'une centaine de sonneries, Jacques a fini par décrocher.

— C'est Mathilde.

— Oui ?

— Il semblerait que vous m'ayez retiré les autorisations d'accès au répertoire du département.

— Oui, en effet. Patricia Lethu m'a informé que vous demandiez une mutation. Pour les raisons que vous connaissez, je ne peux donc plus vous laisser les mêmes accès que les autres salariés du département. Vous savez que la politique Marketing obéit à des contraintes de confidentialité particulières, y compris vis-à-vis de l'interne.

Parfois, quand elle est émue, sa voix part dans les aigus, franchit les octaves en quelques mots, mais pas cette fois. Sa voix est grave et posée. Elle est étonnamment calme.

— Jacques, je voudrais que nous parlions. Accordez-moi quelques minutes. C'est ridicule. Je n'aurais pas fait de demande de mutation si les choses n'avaient pas pris cette tournure, vous savez très bien que je n'ai plus…

— Hum… oui, bon, écoutez, le résultat est là. On ne va pas s'égarer dans des considérations chronologiques, je pense que nous avons l'un et l'autre mieux à faire.

— Non, justement, Jacques, vous savez très bien que je n'ai rien à faire.

Il y a un silence, un silence de quelques secondes. Mathilde retient son souffle. Elle jette un œil au *Défenseur de l'Aube d'Argent* : il scrute la ligne d'horizon, loin devant.

Son cœur ne bat pas plus vite. Ses mains ne tremblent pas. Elle est calme et tout est parfaitement clair. Elle est arrivée au bout de quelque chose.

Et puis soudain Jacques se met à hurler.

— Ne me parlez pas sur ce ton !

Elle ne comprend pas. Elle lui a parlé doucement. Pas un mot plus haut que l'autre. Mais déjà, Jacques recommence.

— Vous n'avez pas à me parler sur ce ton !

Elle ne respire plus. Elle regarde autour d'elle, elle cherche un point d'ancrage, fixe, tangible, elle cherche quelque chose qui porte un nom, un nom que personne ne peut contester, une étagère, un tiroir, un dossier suspendu, elle est incapable de proférer un son.

Il est hors de lui, il continue.

— Je vous interdis de me parler comme ça, vous m'insultez, Mathilde, je suis votre supérieur hiérarchique et vous m'insultez !

Soudain, elle comprend. Ce qu'il est en train de faire.

Sa porte est grande ouverte et il hurle pour que tout le monde l'entende. Il répète : je vous interdis de me parler sur ce ton, mais enfin qu'est-ce qui vous prend ?

Autour de lui, ils pourront tous en témoigner : Mathilde Debord l'a insulté au téléphone.

Elle est sans voix. Cela ne peut pas exister.

Jacques continue. Il répond à son silence par des exclamations indignées, il s'offusque, se courrouce, exactement comme s'il réagissait à ses propos. Enfin, il conclut.

— Vous devenez grossière, Mathilde, je refuse d'avoir cette conversation avec vous.

Il a raccroché.

Alors l'image est revenue. Le visage de Jacques, tuméfié, un filet de sang sortant de sa bouche.

Non, il n'y a jamais eu d'ambiguïté entre Jacques et elle. Ni regards embués, ni pieds égarés sous la table, pas de mots déplacés, pas le moindre trouble. Aucun geste, aucun sous-entendu.

Bien sûr, on lui a posé la question. On lui a suggéré d'y réfléchir. Il devait bien y avoir quelque chose. Quand même. Pour que ça dérape ainsi, de manière aussi subite, radicale. Irrationnelle. Quelque chose de l'ordre du sentiment ou du désir, quelque chose qu'elle n'avait pas voulu voir.

Mathilde a cherché, dans le souvenir de ces années, un détail qui lui aurait échappé. Elle n'a pas trouvé. Combien de fois sont-ils restés au bureau, tous les deux, tard dans la nuit, combien de fois ont-ils déjeuné ou dîné ensemble au restaurant, combien de nuits ont-ils passé chacun dans sa chambre d'hôtel, combien d'heures en voiture, en train, en avion, si près l'un de l'autre, combien d'occasions idéales sans que jamais leurs peaux ne s'effleurent, sans que rien n'apparaisse à la surface, rien qui pût l'alerter ? Certes, une ou deux fois, le tutoiement avait échappé à Jacques, en fin de journée. Lui qui vouvoyait tout le monde. Après plusieurs années, que pouvait-elle en conclure ?

Non, Jacques n'était pas amoureux d'elle.

Il s'agissait d'autre chose. Depuis le début, il l'avait prise sous son aile, il avait obtenu pour elle un poste de cadre, avait négocié ses augmentations directement auprès de la Direction. Il avait fait de Mathilde sa plus proche collaboratrice, son *bras droit*, il lui avait accordé l'estime dont il était avare et la confiance qu'il refusait aux autres. Parce que d'emblée elle et lui s'étaient accordés, sans que rien jamais ne heurte ni ne dérape.

Lors de son entretien de recrutement, Mathilde n'avait pas mentionné qu'elle était veuve. À Jacques comme aux autres, elle avait dit qu'elle élevait seule ses enfants. C'était la vérité. Elle refusait la pitié, la compassion, elle ne supportait pas l'idée qu'on ait pour elle des précautions ou des indulgences, elle détestait ces mots.

Elle le lui avait avoué plus tard, sans détail. Un jour, dans le train pour Marseille, au détour d'une conversation. Ils travaillaient ensemble depuis plus d'un an. Jacques s'était montré discret, il n'avait pas cherché à en savoir davantage. Son comportement vis-à-vis de Mathilde ne s'était pas modifié. Elle lui en avait été reconnaissante.

Jacques semblait toujours voir plus large et plus loin que les autres. Il avait cette capacité d'anticipation, ces intuitions fulgurantes, cette connaissance intuitive des marchés. On le disait visionnaire. De Jacques, elle avait tout appris. Au-delà des aspects techniques et financiers, il lui avait transmis sa conception du métier. Sa rigueur et ses exigences.

Laetitia n'avait pas tort. Elle était *sa créature*. Il l'avait façonnée à son image, l'avait sensibilisée aux combats qui étaient les siens, l'avait convertie à ses engagements. Il avait fait d'elle une sorte de disciple aux talons plats.

Mais jusque-là, il avait respecté sa manière de voir les choses, et ses rares divergences.

Il savait l'admiration qu'elle avait pour lui.

Elle le voyait tel qu'il était. Parfois, Jacques l'agaçait. L'horripilait. Ses colères soudaines, son ironie, sa propension à l'excès.

À Milan, il avait appelé la réception de l'hôtel à deux heures du matin parce que sa moquette était sale. En réalité, l'aspirateur avait été passé à rebrousse-poil. Il lui avait raconté lui-même l'anecdote le lendemain matin.

À Marseille, il avait renvoyé son assiette dans un restaurant classé deux étoiles au Gault et Millau, au motif que la décoration lui semblait phallique.

À Prague, dans un hôtel d'affaires, il avait fait monter le réceptionniste en pleine nuit parce qu'il ne parvenait pas à trouver CNN parmi les cent vingt chaînes qui lui étaient proposées.

En voiture, Jacques fulminait, ne supportait pas d'attendre, d'être coincé, insultait son GPS à voix haute.

En avion, il lui fallait être à l'avant, côté couloir, quitte à faire déplacer quelqu'un d'autre pour obtenir la place qui lui convenait.

Jacques s'était beaucoup calmé. Ses colères avaient perdu de leur intensité. De leur retentissement.

Disait-on.

Avant, il faisait trembler les murs. Avant, c'était pire, à cette époque qu'elle n'avait pas connue, cette époque d'avant elle. Quand Jacques était Directeur Commercial. Quand ses sarcasmes provoquaient les sanglots des dames. Quand il claquait la porte au nez de ses collaborateurs. Quand il était capable de licencier un salarié en moins de deux heures. Quand il n'était pas encore marié.

Jacques, avec l'âge, s'était apaisé. Il subsistait à son endroit une sorte de légende, nourrie d'anecdotes dramatiques et de rumeurs plus ou moins vérifiées, entretenue par les sursauts d'autorité qu'il ne parvenait pas encore à réprimer.

Aussi loin qu'elle s'en souvienne, Mathilde ne s'était jamais laissé impressionner. Les humeurs de Jacques ne l'intéressaient pas. C'était d'ailleurs sans doute l'une des raisons pour lesquelles il appréciait autant de travailler avec elle.

L'entreprise avait été le lieu de sa renaissance.

L'entreprise l'avait obligée à s'habiller, se coiffer, se maquiller. À sortir de sa torpeur. À reprendre le cours de sa vie.

Pendant huit ans elle y était venue avec une forme d'enthousiasme, de conviction. Elle y était venue avec le sentiment d'être utile, d'apporter sa contribution, de prendre part à quelque chose, d'être partie intégrante d'un tout.

L'entreprise, peut-être, l'avait sauvée.

Elle avait aimé les conversations du matin autour du distributeur de boissons, les *touillettes* agitées dans le café pour dissoudre le sucre, les formulaires de demande de fournitures, les *feuilles de temps passé*, les bordereaux d'affectation, elle avait aimé les critériums jetables, les Stabylo de toutes les couleurs, les rouleaux correcteurs, les blocs à petits carreaux et leur épaisse couverture orange, les dossiers suspendus, elle avait aimé les odeurs émétiques de la cantine, les entretiens annuels, les réunions interdépartements, les tableaux croisés dynamiques sous Excel, les graphiques 3D sous Powerpoint, les collectes pour les naissances et les pots de départ en retraite, elle avait aimé les mots prononcés aux mêmes heures, chaque jour, les questions récurrentes, les formules vidées de leur sens, le jargon propre à son service, elle avait aimé le rituel, la répétition. Elle avait besoin de ça.

Aujourd'hui il lui semble que l'entreprise est un lieu qui broie.

Un lieu totalitaire, un lieu de prédation, un lieu de mystification et d'abus de pouvoir, un lieu de trahison et de médiocrité.

Aujourd'hui il lui semble que l'entreprise est le symptôme pathétique du psittacisme le plus vain.

Thibault est remonté dans sa voiture. Il a mis le contact, libéré le frein à main et il est reparti.

Il a roulé jusqu'à la villa Brune pour une gastro-entérite, puis jusqu'à l'avenue Villemain pour une rhino-pharyngite. Ensuite, il s'est vu contraint de revenir en secteur quatre pour une insuffisance respiratoire, non sans avoir appelé la base pour protester.

Audrey venait de prendre son service. À ses récriminations, elle a répondu la même chose que Rose quelques heures plus tôt :

— Thibault, c'est la merde aujourd'hui.

Elle avait raison. Depuis ce matin, Thibault percevait autour de lui une forme de résistance, une épaisseur inhabituelle de l'air, un ralentissement général auquel n'était associée aucune douceur. Au contraire, il lui semblait maintenant qu'à la surface des choses affleurait une violence sourde que la ville ne pouvait plus contenir.

Il s'arrête devant le Monoprix, vérifie l'adresse et le numéro du boulevard où il doit se rendre. Il est beaucoup trop haut. Il a dû passer devant sans s'en rendre compte. Il va devoir refaire le tour. Il soupire.

Après trois rues en sens unique, il parvient à tourner sur sa droite. Un taxi garé en double file obstrue le passage. Il est de nouveau coincé. À l'intérieur, le chauffeur et le client sont en pleine discussion. Thibault passe au point mort. Il lève son pied gauche, ferme les yeux.

Il y a des journées fluides, où les choses se suivent, s'enchaînent, où la ville lui ouvre le passage, se laisse faire. Et puis des jours comme celui-ci, chaotiques, harassés, où la ville lui refuse toute évidence, où rien ne lui est épargné. Ni les embouteillages, ni les déviations, ni les livraisons interminables, ni les difficultés pour se garer. Des jours où la ville est si tendue qu'il lui semble, à chaque carrefour, que quelque chose peut arriver. Quelque chose de grave, d'irréparable.

Depuis ce matin, dès qu'il est seul, les mots reviennent, dispersés, cherchent un sens à la lumière de l'échec. Dès qu'il est seul, la voix de Lila s'insinue, portée par ses intonations basses, maîtrisées.

« Pourquoi je te rencontre maintenant ? »

Elle est étendue sur le côté, face à lui, elle caresse son poignet. Ils viennent de faire l'amour pour la première fois. Cela suffit pour savoir qu'ils s'accordent. Ce n'est pas une question de gymnastique. C'est une question de peau, d'odeur, de matière.

Inaugurale, la phrase instaure le déséquilibre. Tout est dans le *maintenant*. Maintenant quoi ?

Maintenant qu'elle n'est pas guérie d'une autre histoire, maintenant qu'elle a envie de partir vivre à l'étranger, maintenant qu'elle vient de changer de travail ? Peu importe. Il aura tout le loisir d'imaginer, de déduire, d'inventer. *Maintenant* n'est pas le bon moment.

Et puis il y a eu d'autres mots.

« Si tu tiens encore une semaine, je t'achète une brosse à dents. »

« Imagine qu'en rentrant de Genève je te dise : prenons un appartement et faisons un enfant. »

« Le risque, ce n'est pas que je ne t'aime pas assez, c'est que je t'aime trop. »

Des mots dans lesquels il entrevoyait sa part de rêve à elle, son aptitude à l'illusion, des mots circonscrits au moment, à sa magie éphémère, des mots auxquels il n'avait pas su répondre. Des mots privés de traduction, contradictoires, disjoints du réel.

Lila parlait dans le noir, une fois la nuit tombée, ou dans le flottement que lui offrait l'alcool, après quelques verres. Lila parlait comme elle aurait chanté une chanson écrite par d'autres, pour le plaisir de l'allitération ou de la rime, étrangère au sens. Des mots sans conséquences, volatils.

Il n'a pas cru à cet amour fragmentaire, intermittent, cet amour qui se passait de lui pendant des jours, voire des semaines, cet amour privé de contenu.

Car Lila avait toujours quelque chose de plus important à faire.

Ce n'était pas le bon moment. Et il revenait sans cesse à ça : l'histoire s'était usée avant même d'avoir eu lieu. S'était épuisée de tourner à vide.

Il voudrait être loin, en être plus loin. Il voudrait que le temps soit déjà écoulé, ce temps incompressible par lequel sa souffrance devra passer, six mois, un an. Il voudrait se réveiller à l'automne, presque neuf, regarder l'entaille comme une fine cicatrice.

Il s'agit d'organiser le temps jusqu'à ce qu'il puisse revivre.

Meubler, en attendant que ça passe.

Un coup de klaxon le ramène à la réalité. Devant lui, la voie est dégagée. Thibault fait le tour, se gare enfin devant l'immeuble où il est attendu. Il attrape sa mallette de la main gauche, un geste qui revient parfois, quand il est fatigué.

À vingt ans, pour ne pas attirer l'attention sur son infirmité, il a renoncé à être gaucher. Peu à peu, à force de volonté, il a appris à se servir de sa main droite. Au fil des années, ses gestes se sont modifiés, sa manière d'écrire, de boire, de caresser, de se tenir, de parler, de se moucher, de se frotter les yeux, de dissimuler un bâillement. Sa main gauche a quitté le devant de la scène, s'est effacée, repliée sur elle-même ou escamotée dans une manche, à l'abri. Parfois pourtant elle se tend, au moment où il s'y attend le moins.

Il pense à ça, comment les choses reviennent, ressurgissent, tandis qu'il monte l'escalier.

La peinture part en lambeaux, les murs jaunes suintent d'humidité, au-delà du deuxième étage la lumière du palier ne marche plus. Avant d'y vivre, il ignorait que la ville pouvait être abandonnée. À ce point déliquescente. Il ne connaissait pas son visage ravagé, ses façades décrépies, ses parfums de déréliction. Il ignorait que la ville pouvait exhaler une telle puanteur et se laisser ronger par petits bouts.

Au quatrième face, il frappe à la porte. Il attend.

Il s'apprête à frapper de nouveau lorsqu'il entend un pas traînant approcher. Au bout de plusieurs minutes, les verrous coulissent.

Dans l'entrebâillement, une vieille femme apparaît. Pliée en deux, les mains agrippées à sa canne, elle l'observe quelques secondes avant d'ouvrir complètement. La transparence de sa chemise de nuit laisse deviner la maigreur de son corps. Elle parvient à peine à tenir sur ses jambes.

À l'intérieur l'odeur est très forte, à la limite du supportable. Une odeur de vieux, de renfermé, d'ordures. De l'entrée, Thibault distingue l'état de la cuisine. Dans l'évier la vaisselle s'est accumulée, sur le sol gisent une dizaine de sacs poubelles.

La femme le précède, avance à petits pas vers la salle à manger, l'invite à s'asseoir sur une chaise.

— Alors, que se passe-t-il madame Driesman ?

— Je suis fatiguée, docteur.

— Depuis combien de temps ?

Elle ne répond pas.

Il observe son teint gris, son visage émacié.

Elle a posé ses mains sur ses genoux. Soudain Thibault se dit que cette femme va mourir là, devant lui, s'éteindre sans un bruit.

— Fatiguée comment, madame Driesman ?

— Je ne sais pas. Je suis très fatiguée, docteur.

Sa bouche est entièrement rentrée vers l'intérieur, ses lèvres ont disparu.

— Vous n'avez pas de dentier ?

— Il est tombé hier sous le lavabo. Je ne peux pas me baisser.

Thibault se lève, se dirige vers la salle de bain. Il ramasse le dentier par terre, le rince sous le robinet. Le sol est noir de crasse. Sur une étagère il avise un vieux tube de Stéradent. Par chance, il reste un comprimé. Il revient avec le dentier flottant dans un verre qu'il pose devant elle, sur la toile cirée.

— Dans une heure ou deux, vous pourrez le remettre.

Des femmes et des hommes comme Mme Driesman, il en a vu des centaines. Des femmes ou des hommes que la ville abrite sans même le savoir. Qui finissent par mourir chez eux et que l'on découvre quelques semaines plus tard, quand l'odeur est trop forte ou que les vers ont traversé le plancher.

Des hommes ou des femmes qui parfois appellent un médecin, simplement pour voir quelqu'un. Entendre le son d'une voix. Parler quelques minutes.

Au fil des années, il a appris à reconnaître l'isolement. Celui qu'on ne voit pas, caché dans des appartements miteux. Celui dont on ne parle pas. Parce que les Mme Driesman passent parfois des mois sans que personne ne se rende compte qu'elles n'ont même plus la force d'aller chercher leur retraite à la Poste.

Aujourd'hui quelque chose l'atteint, de plein fouet, il n'arrive pas à mettre la distance nécessaire entre lui et cette femme.

Il la regarde et il a envie de pleurer.

— Vous vivez seule ?
— Mon mari est mort en 2002.
— Vous avez des enfants ?
— J'ai un fils.
— Et il vient vous voir, votre fils ?
— Il vit à Londres.
— Est-ce que vous sortez de chez vous, madame Driesman ?
— Oui, oui, docteur.
— Hier vous êtes sortie ?
— Non.
— Et avant-hier ?
— Non.
— Depuis combien de temps vous n'êtes pas sortie ?

La femme a mis son visage dans ses mains, son corps est secoué de sanglots.

Hormis deux tubes de lait concentré, le réfrigérateur est vide. Dans les placards, il ne trouve que des boîtes de thon et de sardines. Il revient dans la salle à manger, s'approche d'elle.

— Depuis combien de temps vous ne pouvez plus sortir, madame Driesman ?

— Je ne sais pas.

Il a ausculté Mme Driesman et pris sa tension.

Il lui a dit qu'il préférait l'envoyer à l'hôpital, le temps de mettre en place un suivi avec l'assistante sociale. Qu'ensuite elle pourrait rentrer chez elle, avec la visite quotidienne d'une aide ménagère.

De ses deux mains, Mme Driesman s'est accrochée à la table, elle n'a rien voulu savoir. Il était hors de question qu'elle quitte son appartement.

Il ne pouvait pas l'obliger. Il n'a pas le droit.

Il est remonté dans la voiture après lui avoir promis de repasser demain. Avant de démarrer, il a appelé Audrey pour que la base s'occupe de faire un signalement. Il y a quelques mois, Thibault a vu un patient dans un état similaire. Le vieil homme a refusé l'hospitalisation, il est mort de déshydratation dans la nuit.

Au moment où il a remis le moteur en marche, il a pensé qu'au fil des années ses erreurs s'étaient accumulées pour former une boule compacte dont il ne pourrait jamais se défaire. Une boule exponentielle qui ne cesserait de croître.

Il est médecin de ville et sa vie se résume à ça. Il n'a rien acheté de pérenne, pas d'appartement, pas de maison à la campagne, il n'a pas eu d'enfants, il ne s'est pas marié, il ne sait pas pourquoi. Peut-être simplement parce qu'il n'a plus d'annulaire gauche. Il n'y a pas d'alliance possible. Il a quitté sa famille et ne revient qu'une fois par an.

Il ne sait pas pourquoi il est si loin, d'une manière générale, loin de tout excepté de son travail qui l'accapare tout entier. Il ne sait pas comment le temps est passé si vite. Il ne peut rien en dire, rien de particulier. Il est médecin depuis bientôt quinze ans et il ne s'est rien passé d'autre. Rien de fondamental.

Thibault regarde une dernière fois l'immeuble miteux où vit cette femme depuis quarante ans.

Il a envie de rentrer chez lui. De tirer les rideaux et de s'allonger.

Sa vie n'a rien à voir avec celle des personnages de ce feuilleton français qui avait eu tant de succès dans les années 80. Ces médecins alertes et courageux qui fendaient la nuit, se garaient sur les trottoirs et montaient les escaliers quatre à quatre. Il n'a rien d'un héros. Il a les mains dans la merde et la merde lui colle aux mains. Sa vie se dispense de sirènes et de gyrophares. Sa vie se partage entre 60 % de rhinopharyngites et 40 % de solitude. Sa vie n'est rien d'autre que ça : une vue imprenable sur l'ampleur du désastre.

Le monde s'est resserré. Autour d'elle. Le bureau sans fenêtre, la zone d'activités, l'espace tout entier. Mathilde ne parvient plus à réfléchir, elle ne sait plus ce qu'il convient de faire, de ne pas faire, ce qu'il convient de taire ou de hurler.

Sa pensée s'est rétrécie.

Tout est devenu si petit, si confiné.

Elle entend encore la voix de Jacques, insensée : ne me parlez pas sur ce ton. Ce monologue de plusieurs minutes qui s'est ensuivi, sa voix forte, indignée, destinée aux autres.

Jacques est passé à l'offensive. Il ne va pas en rester là. Elle le connaît. Dans le cours ordinaire des heures, quelque chose se trame qu'elle ignore encore. Il lui faut deviner sa stratégie, anticiper les prochaines attaques. Pas seulement résister, se défendre, disait Paul Vernon.

Attaquer.

Il est peut-être seize heures. Ou pas encore. Malgré elle, Mathilde compte le temps qui reste. Elle est en dehors d'elle-même, à distance. Elle se voit, le dos calé sur le dossier de sa chaise pivotante, les mains posées à plat sur la table, le visage penché vers l'avant, dans la position exacte qu'elle adopterait si elle était en train d'analyser des données ou d'étudier un document.

Sauf que sous ses yeux, il n'y a rien d'autre qu'une carte à jouer.

L'armoire, les étagères, les taches brunes de la moquette, la longue fissure au-dessus d'elle, la lampe halogène, le portemanteau penché, l'emplacement du caisson à roulette, chaque détail de ce bureau lui est devenu familier. En une matinée. Elle a eu le temps de tout absorber, de tout intégrer, le plus petit recoin, la plus petite trace.

Les objets sont immobiles. Et silencieux. Jusqu'à maintenant, elle n'en avait pas pris conscience, elle n'avait jamais mesuré à quel point. À quel point les objets sont immobiles et silencieux. À quel point les objets sont des objets. Leur propension naturelle à s'user, se dégrader, s'abîmer. Si personne ne les touche, ne les déplace, ne les emporte. Si personne ne les caresse, ne les protège, ne les recouvre.

Comme eux, elle a été reléguée au fond d'un couloir, bannie des espaces neufs, ouverts.

Au milieu de cette communauté morte, dépareillée, elle est le dernier souffle, la dernière respiration. Elle est en voie d'extinction. D'ailleurs, elle n'a que ça à faire. S'éteindre. Se fondre dans le décor, adopter les formes vieillies, s'y coller, s'y couler comme un fossile.

Ses pieds se balancent sous sa chaise. Rien ne lui échappe. Elle remarque tout. Elle est dans un état de conscience aiguë, singulière. Chacun de ses gestes, de ses mouvements, la main dans ses cheveux, la respiration qui soulève sa poitrine, le tressautement du muscle de sa cuisse, le moindre battement de ses paupières, rien ne bouge sans qu'elle le sache.

Ni autour ni à l'intérieur d'elle.

Le temps s'est épaissi. Le temps s'est amalgamé, agglutiné, le temps s'est bloqué à l'entrée d'un entonnoir.

Elle va sortir du bureau. Elle va traverser l'étage, d'un pas pressé, son bloc sous le bras, elle va surgir ici ou là, faire irruption, sans prévenir, sans frapper, elle va demander « alors, quoi de neuf ? » ou bien « où en est-on ? », elle va s'asseoir en face d'Éric ou de Nathalie, elle va se mettre à rire, elle va demander des nouvelles de leurs enfants, elle va organiser une réunion exceptionnelle, une réunion de crise, elle va déclarer la fin des hostilités, l'avènement de la créativité individuelle, l'abolition des marges brutes. Ou bien elle va errer dans les couloirs, pieds nus, elle ira au hasard, caressera les murs de ses mains vides, elle prendra l'ascenseur, appuiera sur n'importe quel bouton, elle chantonnera des airs tristes et nostalgiques, elle ne demandera rien, elle regardera les autres en train de travailler, elle s'allongera sur la moquette, appuyée sur un coude, elle allumera une cigarette, elle jettera ses cendres dans les plantes, elle ne répondra pas aux questions, elle se moquera des regards, elle sourira.

Mathilde se lève, elle ne ferme pas la porte derrière elle, se dirige vers l'ascenseur. Elle va descendre prendre l'air. Respirer. Elle appuie sur le bouton, s'approche du miroir pour observer son visage.

Elle est vieille. Fatiguée. Elle a pris dix ans en quelques mois, elle ne se reconnaît plus.

Elle n'a plus rien de la femme qu'elle était, conquérante.

Devant la porte de l'immeuble, elle reconnaît les fumeurs. Toujours les mêmes. Ils descendent plusieurs fois par jour, seuls ou à plusieurs, ils se tiennent en rond autour du cendrier, ils discutent, s'attardent. Pour la première fois depuis longtemps, elle a envie d'une cigarette. Elle a envie de sentir la fumée arracher sa gorge, ses poumons, envahir son corps, l'anesthésier. Elle pourrait s'approcher d'eux mais elle reste à distance. Pas très loin. Dans la réfraction de la lumière, elle ne distingue que leurs silhouettes, costumes sombres, chemises claires, chaussures brillantes. Elle saisit des bribes de leur conversation, il est question de normes ISO et de procédures de certification.

Ces gens dans leur déguisement vont tous les jours au bureau. Ils marchent dans le même sens, poursuivent un objectif commun, ils parlent la même langue, cohabitent dans la même tour, ils empruntent les mêmes ascenseurs, déjeunent à la même table, ils sont rattachés à la même convention collective, ils ont un emploi, un statut et un coefficient, ils payent des cotisations sociales, ils cumulent des jours de congés et de RTT qu'ils écoulent l'année suivante, ils perçoivent une indemnité de transport et déclarent leur net imposable à la fin de l'année.

Ils travaillent.

Ici, répartis sur dix étages, ils sont trois cents.

Ailleurs, ils sont des millions.

Ces gens dans leur déguisement ne la reconnaissent plus, ils fument leur cigarette sans même la voir. D'ailleurs, ils jettent leur mégot par terre et rentrent dans l'immeuble.

De retour dans son bureau, elle a regardé *Le Défenseur de l'Aube d'Argent*, il n'avait pas bougé. Pas un cheveu. Il se tenait dans la même position de parade, son bouclier brandi contre l'ennemi, debout face au vent. Elle a pensé au bilan provisoire de ce 20 mai : Jacques l'avait transférée dans un cagibi sans aucune forme de préavis et lui avait raccroché au nez, après avoir laissé entendre qu'elle l'insultait.

Elle a pensé que le 20 mai était le jour du chaos et de la violence et qu'il ne ressemblait en rien à celui qu'on lui avait prédit.

Lorsqu'elle a voulu utiliser l'ordinateur, celui-ci ne répondait plus. Ni la souris, ni le clavier.

Les poissons s'étaient noyés. L'écran était noir.

Mathilde a appuyé de manière simultanée sur les touches ALT et F4 pour redémarrer la machine. Elle a attendu que celle-ci s'éteigne quelques secondes avant de relancer le système. Elle a pensé aux raccourcis clavier, mentalement elle a établi la liste de ceux qu'elle connaissait – à partir des touches ALT ou CTRL – permettant de copier, coller, enregistrer, elle s'est demandé s'il existait des fonctions comparables dans la vie quotidienne, une manière d'aller plus vite, de contourner le problème, de passer outre.

Elle a songé que ces minutes perdues à attendre la machine – son bon vouloir, ses lenteurs et ses coquetteries –, ces minutes qui autrefois l'horripilaient, la mettaient en rage, aujourd'hui la réconfortaient.

Attendre la machine remplissait le temps.

Mathilde est face à l'écran, mains levées au-dessus du clavier.

Un message d'erreur apparaît, signalé par une sorte de gong, elle sursaute. Elle lit une première fois, elle ne comprend rien. Elle relit.

La DLL system user 32 a été repositionnée
en mémoire.
L'application ne s'exécutera pas correctement.
La reposition a été faite car la DLL C/Windows/
Système 32/HHCTRL.OCX occupait une zone
d'adresse réservée pour les DLL
Système de Windows NT.
Le vendeur ayant fourni la DLL
doit être contacté pour en obtenir une nouvelle.

Elle pourrait se mettre à pleurer. Là, tout de suite. Après tout. Personne ne la verrait. Ne l'entendrait. Elle pourrait sangloter sans retenue, sans pudeur, laisser couler sa peine sur le clavier, entre les touches, s'infiltrer dans les circuits. Mais elle sait

184

comment cela se passe. Dans ces moments-là. Quand on ouvre la boîte. Quand on se laisse aller. Elle sait que les larmes en appellent d'autres, en rappellent d'autres, qu'elles ont le même goût de sel. Quand elle pleure, Philippe lui manque, l'absence de Philippe devient palpable à l'intérieur de son corps, se met à battre comme un organe atrophié, un organe de douleur.

Alors elle relit le message et elle rit. Elle rit seule dans un bureau sans fenêtre.

Elle compose le numéro de la maintenance. Cette fois, un homme dont elle ne reconnaît pas la voix lui répond. Elle demande à parler à l'autre, elle dit : un grand monsieur blond qui est venu ce matin. Avec une chemise bleu pâle. Et des lunettes.

Il est en intervention. On va le prévenir. Il rappellera dès que possible.

Elle est dans l'attente, encore. Dans cet espace de dislocation sourde et d'éboulement muet, dans l'imminence de sa propre chute.

Aujourd'hui, chacun de ses gestes, de ses mouvements, chacune de ses paroles, et son rire dans le silence, convergent en un seul point : une faille dans l'ordre des jours, une faille dont elle ne sortira pas indemne.

Elle va téléphoner à la SNCF. En attendant. Elle va réserver des billets de train pour partir, n'importe où, dès la fin des classes, elle va prendre le train vers le Sud avec les garçons, ils iront au bord de la mer, à

Nice, à Marseille ou à Perpignan, peu importe, elle trouvera un hôtel, ou quelque chose à louer. Il faut qu'elle réserve des billets, qu'elle se fixe un point d'ancrage, une date qu'elle inscrira sur son agenda, au-delà d'aujourd'hui, au-delà de demain, dans le prolongement opaque du temps. Elle vérifie la date des vacances scolaires puis compose le numéro.

Après quelques secondes de musique, une voix de femme lui déclare qu'elle est à son écoute. Cette voix n'appartient à personne, elle émane d'un système informatique hautement sophistiqué. On entend cette voix dans toutes les gares, reconnaissable parmi des milliers, cette voix qui prétend l'écouter.

Est-ce que cette voix l'écouterait si elle disait je n'en peux plus ? Si elle disait je me suis trompée, sortez-moi de là. Est-ce que cette voix l'écouterait si elle disait venez me chercher ?

Le système de reconnaissance vocale lui demande de préciser sa demande. Mathilde suit les instructions.

Elle articule bien, sépare les syllabes les unes des autres. Dans le bureau presque vide, sa voix résonne.

Elle dit « Billets ».

Elle dit « Loisirs ».

Elle dit « France ».

Du fond de son bureau, elle parle à *quelqu'un* qui n'est personne. *Quelqu'un* qui a le mérite de lui répondre gentiment, de lui faire répéter sans s'énerver, qui ne se met pas à hurler, ne prétend pas qu'elle l'insulte. *Quelqu'un* qui lui indique comment faire, pas à pas, qui dit je n'ai pas compris votre réponse, sur le même ton patient et bienveillant.

Quelqu'un qui l'informe qu'un conseiller va prendre en charge sa demande. Son temps d'attente est estimé à moins de trois minutes. Mathilde attend.

— SNCF bonjour, Nicole, que puis-je pour votre service ?

Cette fois c'est une vraie dame qu'on entend à peine, dans le brouhaha produit par ses collègues qui font la même chose qu'elle huit heures par jour. Une vraie dame qui maîtrise l'ordinateur et parle de lui à la troisième personne.

Mathilde réserve quatre billets pour Marseille qu'elle doit retirer en gare avant le 6 juin, 9 h 20.

La vraie dame épelle chaque lettre de la référence de son dossier.

— Le Q de Quentin, le T de Thibault, le M de Matthieu, le F de François, encore le T de Thibault, le A d'Anatole. QTMFTA.

Ses vacances portent des prénoms d'hommes.

Sa DLL système user 32 a été repositionnée en mémoire.

Le grand type blond est occupé ailleurs.

L'odeur du pschitt *Fraîcheur des glaciers* est à vomir.

Elle est au cœur de l'absurdité du monde, de son déséquilibre.

L'homme de la maintenance est entré dans le bureau. Son téléphone portable est accroché à sa ceinture, un cutter dépasse de la poche de sa chemise, ses cheveux sont en bataille, comme s'il surgissait du dixième étage en rappel, suspendu à une corde. Il ne lui manque qu'une cape, une longue cape rouge soulevée par le vent. L'homme de la maintenance est quelqu'un de nécessaire, cela se voit sur son visage, ce pli entre ses sourcils, cet air préoccupé. Il est joignable à tout moment, circule sans cesse entre les dix étages, il répare, restaure, rallume. L'homme de la maintenance porte secours et assistance. Peut-être possède-t-il quelque lien de parenté avec *Le Défenseur de l'Aube d'Argent*, non visible à l'œil nu.

On l'a prévenu que Mathilde avait un problème.

D'un geste las, elle lui désigne l'ordinateur. Elle agite la souris, le message d'erreur apparaît de nouveau.

Il la rassure. Ce n'est rien.

Il va *rebouter* la machine. Ça arrive.

Mathilde lui cède sa place pour qu'il puisse s'asseoir.

Tandis qu'il s'affaire, elle hésite, lui pose finalement la question.

— Je suis descendue prendre l'air une vingtaine de minutes, tout à l'heure. Est-ce que vous pensez… est-ce que quelqu'un aurait pu venir en mon absence… trafiquer… enfin je veux dire intervenir sur l'ordinateur ?

L'homme de la maintenance la regarde. Le pli de son front s'est creusé.

— Ah non, cela n'a rien à voir. C'est un problème de configuration. Non, non… Je… vous assure…

Il marque un silence, continue son travail. Puis il se tourne de nouveau vers elle, sa voix est plus douce.

— Ma petite dame, si je peux vous dire une chose… il faudrait… il faudrait peut-être vous reposer.

Il y a ce geste, de lui vers elle, comme s'il s'apprêtait à poser sa main sur son épaule, ce geste interrompu.

Est-ce qu'elle a l'air si fragile ? Si fatiguée ? Si dévastée ?

Est-ce que ça déborde d'elle, ça dépasse ?

Elle regarde la main de l'homme revenue sur le clavier, agile.

L'homme de la maintenance a terminé. Il a *rebouté* la machine. Les poissons ont réapparu. Se cognent de nouveau.

Au moment où il franchit le seuil de la porte, Mathilde l'interpelle.

— Pour la carte, je vais en parler avec mon fils ce soir, je vais voir si c'est possible… je veux dire pour le vôtre, pour votre fils. On va voir ce qu'on peut faire.

Le téléphone a sonné. Le numéro interne de Patricia Lethu s'est affiché.

La DRH lui annonçait qu'un poste était vacant au Centre de Recherche d'une autre filiale du Groupe. Un poste de cadre supérieur au sein du département «Nouveaux Produits et Études Sensorielles», incluant la gestion directe d'une équipe de quatre personnes. Le poste était libre depuis deux semaines faute d'avoir trouvé le candidat idéal par voie de mutation interne. Compte tenu du contexte économique, le recrutement externe est exclu. Patricia Lethu avait du mal à dissimuler son enthousiasme.

— J'ai transmis votre CV et j'ai appelé moi-même le Directeur du Centre que je connais personnellement. Je vous ai recommandée. Une ou deux candidatures sont actuellement à l'étude, mais il semblerait que votre profil soit le plus adapté. J'ai beaucoup insisté. J'aurai des nouvelles très vite, il a besoin de quelqu'un de manière urgente, le poste ne peut pas rester vacant plus longtemps. Je n'ai pas jugé nécessaire d'évoquer votre problème actuel. Cela vous aurait désavantagée. Il y a maintenant plus de huit ans que vous êtes chez nous, il est tout à fait légitime que vous souhaitiez évoluer.

Mathilde a retenu son souffle tout le temps que Patricia Lethu parlait. Elle a dit oui, bien sûr. Bien sûr que ça l'intéressait.

La chaleur lui était montée aux joues. Lorsqu'elle a raccroché, il lui a semblé que son corps se remettait en marche ; une impatience des gestes, une circulation plus rapide du sang, une impulsion étrange qui partait du bas du dos pour remonter jusqu'aux épaules et l'obligeait à se redresser. Son cœur battait jusque dans ses poignets, elle pouvait le percevoir, et dans les veines de son cou.

Elle s'est levée de sa chaise, elle avait besoin de bouger. Elle a fait les cent pas dans son bureau, pendant quelques minutes elle n'a rien entendu des bruits alentour, ni le torrent de la chasse d'eau, ni les éclats de voix.

Mathilde avait besoin de prendre l'air. Elle est descendue une nouvelle fois, après tout quelle importance.

Elle est restée dehors un moment. Les yeux fermés, le visage dans la lumière. Au-dessus d'elle s'élevait la pyramide de verre, si lisse en apparence.

Un autre groupe est descendu fumer, parmi lequel

elle a reconnu des gens du contrôle de gestion et des services administratifs. Ils l'ont saluée. Une jeune femme a sorti une cigarette de son paquet, puis s'est tournée vers Mathilde pour lui en proposer une. Après une seconde d'hésitation, Mathilde a refusé. La jeune femme n'est pas retournée avec les autres, elle est restée près de Mathilde, de l'autre côté de la porte. La jeune femme lui a demandé dans quel département elle travaillait, depuis combien de temps. Si elle avait essayé les cours de gym à l'heure du déjeuner, si elle connaissait une piscine dans les environs, si elle habitait loin. Elle portait une robe légère avec des motifs géométriques et des talons compensés.

Elle s'appelle Elizabeth. Elle travaille dans l'entreprise depuis un mois.

Elizabeth est contente d'être là, c'est ce qu'elle a dit, elle a trouvé « le poste de ses rêves ». Pendant quelques secondes Mathilde a pensé qu'elle enviait Elizabeth, sa jeunesse, sa confiance. Cette façon d'adjoindre l'humeur au sentiment. Elle a pensé qu'elle aimerait bien être à sa place, porter la même robe, les mêmes chaussures, avoir les mêmes mains fines, la même aisance, cette manière fluide de se mouvoir, de tenir debout. Et que cela serait infiniment plus facile, si elle était une autre.

Elizabeth est remontée avec ses collègues, elle a dit à bientôt.

— J'espère qu'on se reverra.

C'était étrange. Cette femme était venue vers elle,

lui avait parlé. Elle lui avait posé des questions, elle avait ri.

Mathilde a pris l'ascenseur pour remonter. Quand elle y est entrée, le bureau 500-9 lui a paru moins étroit.

À peine était-elle assise que son poste a sonné de nouveau. C'était le Directeur du Centre de Recherche. Il avait étudié son CV, il voulait la rencontrer au plus tôt. Est-ce qu'un rendez-vous dès demain était possible ?

Par elle ne sait quel miracle ou quelle extrême mobilisation de ses ressources restantes, par quel effort ultime, quel sursaut, elle a réussi à répondre à ses questions d'une voix calme, relativement sûre d'elle-même, lui a-t-il semblé, comme quelqu'un qui ne joue pas sa santé mentale, quelqu'un qui n'engage rien d'autre qu'une éventuelle mutation.

Elle a été capable de lui décrire quelles étaient ses missions, ses responsabilités et ses principales réalisations, exactement comme si cela existait encore, comme si cela jamais ne lui avait échappé. Elle a fait abstraction de neuf mois de vacuité, une vague parenthèse dans la continuité du temps, elle a retrouvé les mots qu'elle n'emploie plus, le vocabulaire consacré, les formulations volontaires et proactives, elle a évoqué les chiffres, le montant des budgets, elle ne s'est pas trompée.

Le Directeur du Centre de Recherche la connaissait de nom, appréciait beaucoup ses articles dans le journal du Groupe.

« J'avoue que je guettais votre signature ! C'est dommage que vous n'écriviez plus, je suppose que vous n'avez plus le temps. Nous en sommes tous au même point : le nez dans le guidon. Enfin, je serais ravi de vous rencontrer demain, si vous le voulez bien. Je serai en réunion tout l'après midi, est-ce que dix-huit heures trente vous conviendrait ? »

Il y avait quelque chose de simple dans sa manière de s'adresser à elle, une forme de bienveillance.

Elle a posé son plan RATP sur la table pour étudier la manière de s'y rendre. Elle a étudié la distance entre le Centre de Recherche et son domicile, considéré les différentes possibilités, évalué les temps de trajet. Ce n'était pas loin. Une demi-heure tout au plus.

Elle mettra son tailleur gris ou bien le noir, rehaussé d'un foulard rouge, elle ne boira pas de café après le déjeuner, elle partira vers dix-sept heures trente pour être sûre de ne pas être en retard, s'efforcera de sourire, ne parlera pas de Jacques, évitera toute allusion implicite ou explicite à leur collaboration, elle racontera ses propres succès, le repositionnement de la marque L., le lancement des compléments alimentaires B., les opérations récentes de fidélisation, elle repassera son chemisier blanc, elle se lèvera plus tôt pour se faire un brushing, elle contournera les sujets qui risqueraient de la fragiliser, elle évoquera la création du panel de consommateurs, les tests-produits qu'elle a mis en place il y a quelques années, ne croisera pas les jambes, mettra un vernis à ongles transparent, ne parlera pas de ses enfants sauf s'il pose la question, emploiera des verbes d'action, évitera le conditionnel et toute formulation qui révélerait une forme d'attentisme ou de passivité, elle se tiendra droite, elle

Mathilde est plongée dans ses réflexions stratégiques depuis un moment lorsqu'une sorte de carillon lui annonce l'arrivée d'un mail dans sa boîte de réception. L'assistante du Directeur du Centre de Recherche lui envoie confirmation de son rendez-vous, ainsi qu'un plan d'accès au site. Le mail lui a été adressé avec une priorité haute, elle l'a remarqué tout de suite, elle en a été touchée.

Elle est restée immobile plusieurs minutes, face à l'écran, quelque chose s'ouvrait devant elle qui semblait possible.

Elle a pensé que sa vie allait peut-être reprendre son cours. Qu'elle allait redevenir elle-même, retrouver l'ampleur de ses gestes, le plaisir d'aller au travail et celui de rentrer chez elle. Qu'elle ne passerait plus des heures allongée dans l'obscurité, les yeux grand ouverts, que Jacques allait sortir de ses nuits aussi vite qu'il y était entré, qu'elle aurait de nouveau des histoires à raconter à ses enfants, qu'elle les emmènerait à la piscine et à la patinoire, qu'elle recommencerait à improviser des dîners de restes auxquels elle donnerait des noms farfelus, .

passerait des après-midi entiers avec eux à la biblio-
thèque.

Elle a pensé qu'elle allait retrouver cette douceur.
Que rien n'était perdu.

Elle a pensé qu'elle achèterait un écran plat pour
leurs soirées DVD et renouvellerait sa carte d'adhé-
sion au vidéo club. Elle a pensé qu'elle inviterait
ses amis à dîner, qu'ils fêteraient sa mutation au
champagne, ils danseraient peut-être, dans son petit
salon, après avoir poussé la table et les chaises.
Comme avant.

Elle avait hâte d'être au lendemain.

Elle avait le courage d'y aller. Elle en était
capable.

Elle a appelé Théo et Maxime pour vérifier qu'ils
étaient bien rentrés, puis Simon sur son portable
pour lui rappeler de ne pas traîner parce que ses
frères étaient seuls à la maison.

Elle a appelé sa mère qui lui avait laissé plusieurs
messages au cours des derniers jours, auxquels elle
n'avait pas répondu. Elle a parlé des garçons, ils
allaient bien, oui, les jumeaux s'apprêtaient à partir
en classe de mer et Simon avait obtenu sa ceinture
marron au judo. Sa mère a dit : tu as une bonne
voix. Elle a promis qu'elle rappellerait à la fin de la
semaine.

En rentrant ce soir elle va acheter du poisson, ou
bien un poulet, et des tartelettes aux fraises pour le
dessert.

Elle donnera à cette soirée un avant-goût de fête, sans en parler à ses enfants, sans rien leur révéler, seulement pour voir leurs yeux briller. Seulement pour se donner la force.

Elle est allée consulter le site du Centre de Recherche, elle a pris des notes, préparé des questions.

Dans ses cartons elle a retrouvé plusieurs études de marché et différentes réflexions d'analyse stratégique, rédigées en son nom propre au cours des deux dernières années. D'un côté elle a listé les points forts de sa candidature, les passerelles évidentes entre les deux postes, de l'autre les compétences qu'au contraire elle aurait à acquérir. La balance était en sa faveur.

Elle a sursauté quand le téléphone a sonné.

Patricia Lethu voulait lui préciser que, dans l'hypothèse où Mathilde serait retenue, elle mettrait tout en œuvre pour que sa mutation soit immédiate. Compte tenu du contexte.

Elle a imaginé une nouvelle vie, de nouveaux visages, un nouveau décor. De nouvelles trajectoires.

Elle a imaginé une forme de douceur, un juste retour des choses.

Tandis que Thibault remontait pour la dixième fois dans sa voiture, le rendez-vous suivant s'est affiché sur son portable. Il n'a pas démarré. Il avait un besoin irrépressible de dormir, là, d'un seul coup, il lui aurait suffi de se laisser aller sur l'appuie-tête. Il a attendu quelques minutes, la main sur la clé de contact, et puis il est ressorti. Une file s'était formée devant la boulangerie, collée à la vitrine. Il n'avait aucune notion de l'heure. Les gens commençaient à sortir des bureaux, marchaient d'un pas pressé.

Il est entré dans le bar le plus proche, il a commandé un café. Il a prévenu par SMS qu'il s'accordait une pause.

Il regarde autour de lui. Pendant des semaines, il a observé les hommes. Leur façon de parler, de se tenir, la marque de leurs vêtements, la forme de leurs chaussures. Et pour chacun d'entre eux, examiné à la loupe, il s'est demandé si Lila pourrait tomber amoureuse d'un homme comme ça. Et lui, s'il était plus beau, plus grand, plus classique, plus volubile, plus arrogant, est-ce qu'elle l'aimerait ? Pendant des semaines, il a perdu son temps en hypothèses et en conjectures. Il a cherché ce qui n'allait pas, chez lui, ce qui faisait dissonance.

Cette fois non. Il ne regarde personne, il respire.

Il a quitté Lila. Il l'a fait. Il lui semble que c'est moins douloureux. Quelque chose s'est apaisé, au fil des heures. Peut-être que ça finit par s'éteindre, comme une bougie privée d'oxygène. Peut-être qu'il arrive un moment où l'on comprend qu'on a évité le pire. Un moment où l'on retrouve confiance dans sa propre capacité à se recomposer, se reconstruire.

Il se sent mieux. Il commande un second café.

Il va y aller. Encore deux ou trois rendez-vous et la journée sera terminée.

Le week-end prochain il s'achètera un écran plat pour ses soirées DVD. Et puis il invitera ses amis de fac, ceux qui se sont installés à Paris mais qu'il ne voit jamais parce qu'il travaille trop. Il organisera une petite soirée chez lui, il achètera de quoi boire et manger. Et peut-être pousseront-ils la table et les chaises pour danser dans son salon. Comme avant.

Il dépose l'argent sur le comptoir et sort du café.

Quand il est arrivé ici, il n'avait pas trente ans. Il voulait exercer son métier, se confronter à l'énigme des pathologies, se perdre dans la ville. Il voulait connaître l'étendue des plaies, le hasard des affections, la profondeur des blessures.

Il voulait tout voir et il a tout vu. Maintenant sans doute lui reste-t-il à vivre.

Patricia Lethu parlait à voix basse, rapide, les mots se bousculaient sous l'emprise de l'affolement. Patricia Lethu était dépassée par les événements. Mathilde l'imaginait au fond de son bureau, porte close, recroquevillée sur le combiné du téléphone, une main devant la bouche pour amoindrir la portée de sa voix. Mathilde lui a demandé plusieurs fois de répéter, elle avait dû mal entendre.

Patricia Lethu a raccroché précipitamment, on l'appelait sur une autre ligne, elle a dit je passe vous voir tout à l'heure, ne faites rien sans m'avoir vue.

Jacques Pelletier a demandé à la Direction des Ressources Humaines d'adresser à Mathilde, par courrier recommandé, une lettre d'avertissement qu'il a rédigée lui-même. Il y mentionne les agressions verbales renouvelées dont il est l'objet, les insultes qu'elle aurait proférées à son endroit et le fait que Mathilde lui ait raccroché au nez à plusieurs reprises. Il se plaint de son opposition systématique aux orientations et à la stratégie de l'entreprise, et décrit, à travers plusieurs exemples, son isolement volontaire et son refus de communiquer avec les autres.

Patricia Lethu lisait des extraits d'une voix étouffée, elle avait la lettre sous les yeux.

L'avertissement n'entraîne pas de sanction disciplinaire, a-t-elle jugé bon de préciser. Mais il figurera dorénavant dans son dossier. Il peut constituer un élément déterminant dans le cadre d'une procédure de licenciement pour faute ou de mise à pied.

Par ailleurs, Jacques s'oppose formellement à une mutation quelle qu'elle soit. La perte d'un cadre mettrait en danger son service. Il refuse d'envisager le départ de Mathilde tant qu'une nouvelle personne n'a pas été recrutée et formée à son poste. Selon lui, aucune mutation ne peut être envisagée avant quatre ou cinq mois.

Patricia Lethu a répété ne faites rien sans m'avoir vue.

À l'inverse des poissons qui ont repris leur danse de part et d'autre de l'écran, *Le Défenseur de l'Aube d'Argent* est immobile. Il attend le moment adéquat, il affine sa stratégie.

Le Défenseur de l'Aube d'Argent n'est pas du genre à se ruer dans l'action sans avoir pris le temps de réfléchir.

Mathilde jette un œil à l'horloge de l'ordinateur. Il est dix-sept heures quarante-cinq. Elle essaie de reconstituer les éléments énoncés par Patricia

Lethu, elle note sur son bloc à petits carreaux les mots dont elle se souvient, puis elle les raye, déchire le papier. Elle ne peut pas le croire.

Tout cela depuis le début ne peut avoir eu lieu autrement qu'en rêve, tout cela relève d'un cauchemar de série B, un sursaut d'effroi au cœur de la nuit, stérile, qui ne délivre de rien. Un cauchemar comme elle en faisait enfant, quand elle rêvait qu'elle oubliait de s'habiller et se retrouvait nue au beau milieu de la cour, provoquant l'hilarité générale.

Il va bien arriver un moment où elle va se réveiller, où elle interrogera la division de la réalité et du sommeil, où elle comprendra que ce n'était que ça, un long cauchemar, où elle éprouvera cet intense soulagement qui suit le retour à la conscience, même si son cœur bat encore à tout rompre, même si elle est en nage dans l'obscurité de sa chambre, un moment où elle sera libérée.

Mais tout cela depuis le début est arrivé. Tout cela peut être analysé, disséqué, pas à pas. Cette mécanique impitoyable, sa grande naïveté et les innombrables erreurs tactiques qu'elle a commises.

Elle est l'adjointe de Jacques Pelletier. Le titre figure sur sa dernière feuille de paie et dans l'organigramme de l'entreprise.

Ad-jointe : jointe à lui.

Liée.

Pieds et poings liés.

Il ne va pas la laisser s'échapper, se soustraire à son emprise, si facilement.

Il sait bien qu'elle peut être remplacée. Au point où ils en sont. Depuis des mois, il a fait en sorte de pouvoir se passer d'elle, de la contourner. Depuis des mois, il a mis en place une organisation qui fonctionne sans elle, dût-il lui-même travailler deux fois plus. Il n'y a qu'à voir son visage fatigué, les cernes noirs sous ses yeux. Il sait bien qu'il en trouverait cent autres s'il le fallait, plus jeunes, plus dynamiques, plus malléables, des Corinne Santos à la pelle, comme s'il en pleuvait.

Elle est parvenue au bout d'une longue spirale, après laquelle il n'y a plus rien. Dans le déroulement logique des choses, leur surenchère progressive et implacable, si elle y réfléchit, il n'y a plus rien. Que peut-il de plus pour lui nuire ? D'autres avertissements, d'autres humiliations ?

Quoi qu'elle fasse, quoi qu'elle dise, elle sera perdante.

Le regard de Mathilde s'égare autour d'elle, dans l'espace inerte. Ses gestes n'existent plus. Ni le stylo qui court sur le papier, ni le gobelet qu'elle porte à ses lèvres, ni sa main qui ouvre le tiroir.

Puisqu'elle a tout perdu elle n'a plus rien à perdre.

Puisque Jacques fait preuve d'une sémantique approximative, elle va lui apprendre la signification du verbe insulter.

Voilà, c'est ça.

Elle va se rendre dans son bureau, elle va l'agonir l'abreuver le pourrir d'insultes, lui faire l'éclatante démonstration de la richesse de son vocabulaire, d'ailleurs elle commence à en faire l'inventaire.

Elle va lui parler *sur ce ton*, et bien pire encore, elle va lui parler sur un ton qu'il n'imagine même pas, dont il ignore l'existence, elle va lui parler comme personne ne lui a jamais parlé. Elle entrera dans son bureau, elle refermera la porte derrière elle et les mots sortiront en un seul bloc, compact, sans une respiration, sans un temps mort qui lui permettrait de reprendre la main, un flot ininterrompu d'insultes. Elle lui crachera des vipères et des crapauds au visage, elle sera cette princesse des livres d'enfant, sous l'emprise d'un terrible sort, attendant d'être délivrée.

Mathilde se lève, se dirige vers le bureau de Jacques. Elle imagine le soulagement, elle l'anticipe.

Dans cet élan qui la propulse vers lui, les images reviennent, l'entaille longue dans le corps de Jacques, ses cheveux collés à son front, la peur dans ses yeux, son sang absorbé par la moquette.

Jacques est là, devant elle. Dans le couloir.

Il porte sa sacoche de la main droite, il se tient debout devant l'ascenseur, le bouton d'appel clignote. Autour de lui les portes des bureaux sont ouvertes, par la vitre de l'open space Mathilde aperçoit les autres, ils font mine d'être occupés, mais ils guettent, elle le voit bien, ils espèrent la foudre, le tonnerre, l'explosion.

Elle n'avait pas prévu de le trouver là, prêt à partir, elle avait imaginé le voir dans son bureau, à l'abri des regards. Elle ne peut pas se répandre ainsi, devant tout le monde, se répandre comme une flaque.

— Jacques, il faut que je vous parle.
— Je n'ai pas le temps.

Après quelques secondes, elle ajoute :
— Vous ne pouvez pas faire ça. Il faut que l'on se parle.

Il ne répond pas.

Elle s'approche de lui, elle sent ses veines battre sur ses tempes, un instant elle croit qu'elle va vomir, là, à ses pieds.

— Ne faites pas ça.

Une sonnerie annonce l'arrivée de l'ascenseur. Il entre dans la cabine, appuie sur le 0, se retourne vers elle. Il la regarde droit dans les yeux. Elle n'a jamais vu une expression d'une telle dureté sur son visage.

Les portes se referment. Il n'est plus là.

— Ah non, M. Pelletier ne repassera pas ce soir, ni demain. Il est parti pour quatre jours et sera de retour la semaine prochaine. Puis-je quelque chose pour vous ?

Le parfum capiteux de Corinne Santos semble avoir imprégné les meubles, la moquette et chaque centimètre cube d'air, comme si elle occupait ce bureau depuis la nuit des temps. Ses manières empruntées, sa diction vaguement précieuse, les boules en plastique rouge de son collier, tout chez cette femme lui déplaît. Mathilde la hait. Et elle s'en veut de la haïr à ce point. D'avoir une telle envie de déchirer ses papiers, de défaire son chignon, de lui cracher au visage. Elle aimerait que Corinne Santos soit plus minable encore, écœurante de vulgarité, qu'elle accumule les erreurs, les gaffes et les méprises, qu'elle fasse preuve d'une incompétence spectaculaire, qu'on la surprenne avec Jacques dans une position évoquant singulièrement la fellation, que cela fasse le tour de l'entreprise en moins de deux heures, qu'ils deviennent tous les deux l'objet des plus perfides médisances. Elle aimerait que Corinne Santos se désintègre, là, devant ses yeux, qu'elle se dégonfle ou parte en poussière.

Mathilde distingue son propre reflet dans la vitre. Raide.

Elle est comme lui. Comme eux tous. Aussi médiocre. Aussi petite.

L'entreprise a fait d'elle cet être mesquin et injuste.

L'entreprise a fait d'elle cet être de rancœur et d'amertume, avide de représailles.

Elle est sortie du bureau de Corinne Santos sans ajouter un mot. Elle est passée par le local de reprographie pour prendre une ramette de papier. Elle est revenue dans son antre, elle a déchiré l'emballage, attrapé une feuille blanche.

En haut à gauche, elle a noté ses coordonnées. À droite, le nom de l'entreprise et celui de Patricia Lethu.

Objet : Lettre de démission
Remise en mains propres contre signature.

Madame,
Par la présente lettre, je vous informe de ma volonté de démissionner du poste d'adjointe du Directeur Marketing que j'occupe depuis le 7 janvier 2001.
Compte tenu du contexte, je vous serais reconnaissante de bien vouloir me dispenser d'effectuer mon préavis.

*Je vous remercie par avance de bien vouloir m'infor-
mer au plus vite de la date officielle de mon dernier
jour de travail.*

Mathilde froisse, jette, recommence.

Objet*: Lettre de démission*

*Madame,
Je mets fin à notre collaboration et vous confirme
par la présente ma démission de votre entreprise. Je
souhaiterais que ma démission soit effective à compter du 22 mai 2009.
Je reste à votre disposition pour toute information
complémentaire. Je vous prie d'agréer, madame, mes
salutations distinguées.*

C'est la dernière chose à faire. Elle le sait.
Ce qu'il faut éviter à tout prix. Coûte que coûte.
Ce sur quoi il ne faut pas lâcher, jamais.

Mais il arrive un moment où le prix est devenu
trop élevé. Dépasse les ressources. Où il faut sortir
du jeu, accepter d'avoir perdu. Il arrive un moment
où l'on ne peut pas se baisser plus bas.

Elle est assise. Elle étend ses jambes devant elle. C'est fini.

Il faut qu'elle se lève, qu'elle range ses affaires dans son sac, qu'elle enfile sa veste et quitte ce bureau. Qu'elle parvienne à sortir de l'immeuble et marcher jusqu'à la gare. Il faut qu'elle remette la lettre en mains propres à Patricia Lethu ou bien qu'elle s'arrête à la Poste pour l'envoyer en recommandé.

Pour l'instant elle ne bouge pas. Elle ne peut pas bouger. Son corps s'est absenté quelques secondes, déconnecté.

Quand Patricia Lethu est entrée dans le bureau, Mathilde lui a tendu la lettre, sans dire un mot. La DRH a ouvert l'enveloppe, elle a eu l'air bouleversé. Mathilde lui a demandé de signer sous la mention « remis en mains propres ».

Dans le silence de Patricia Lethu, Mathilde a pensé que la compassion n'avait lieu qu'au moment où l'on se reconnaissait dans l'autre, au moment où l'on prenait conscience que tout ce qui concernait l'autre pouvait nous arriver, exactement, avec la même violence, la même brutalité.

Dans cette conscience de ne pas être à l'abri, de pouvoir descendre aussi bas – et seulement là – la compassion pouvait survenir. La compassion n'était rien d'autre qu'une peur pour soi-même.

Au bout de quelques minutes, Patricia Lethu a signé là où Mathilde avait posé son doigt.

— Si demain ou plus tard, vous voulez revenir sur cette décision, je considérerai que je n'ai jamais eu cette lettre entre les mains.

— Mais vous l'avez eue, et vous venez de la signer.

— Vous êtes épuisée, Mathilde. Il faut vous reposer. Nous allons trouver une solution. Je lui parlerai. Attendez au moins que je lui aie parlé.

— J'ai besoin que vous teniez compte de cette lettre, que vous la considériez comme définitive et irrévocable.

— Si vous voulez. Nous en reparlerons. Vous êtes très pâle, je voudrais que vous preniez un taxi pour rentrer chez vous. Et que vous appeliez *SOS Médecin* ou les *Urgences Médicales*. Faites-vous arrêter quelques jours, une semaine, vous êtes à bout.

— Je vais prendre le train.

— Prenez un taxi et faites une fiche. Vous n'êtes pas en état de rentrer par les transports en commun.

— Je prendrai le train.

— D'accord. Mais promettez-moi d'appeler un médecin dès que vous arrivez chez vous. Mathilde, il faut vous arrêter. Promettez-moi. Vous n'allez pas tenir.

— J'appellerai un médecin.

Elles sont restées toutes les deux face à face dans le silence. Mathilde n'avait pas la force de se lever, il fallait attendre que son corps s'ajuste, qu'il trouve appui. Les bureaux étaient à moitié vides, le bruit alentour s'était amoindri.

Au bout de quelques minutes Mathilde a demandé :

— Est-ce qu'on est responsable de ce qui nous arrive ? Est-ce que ce qui nous arrive nous ressemble toujours ?

— Que voulez-vous dire ?

— Croyez-vous qu'on est victime de quelque chose comme ça parce qu'on est faible, parce qu'on le veut bien, parce que, même si cela paraît incompréhensible, on l'a choisi ? Croyez-vous que certaines personnes, sans le savoir, se désignent elles-mêmes comme des cibles ?

Patricia Lethu a réfléchi un moment avant de répondre.

— Je ne crois pas, non. Je crois que c'est votre capacité à résister qui vous désigne comme cible. Cela fait trente ans que je travaille en entreprise, Mathilde, et ce n'est pas la première fois que je suis confrontée à ce genre de situation. Vous n'êtes pas responsable de ce qui vous arrive.

— Je vais rentrer chez moi.

Patricia Lethu se lève, ses bracelets s'entre-choquent dans un bruit de clochette.

Au moment où elle passe la porte, elle répète :

— Appelez un médecin.

Il s'est engagé sur le pont de Tolbiac. Au milieu, arrêté par le feu, il s'est retourné pour regarder le fleuve, la couleur métallique de l'eau, scintillante dans la lumière pâle. Au loin, la géométrie des autres ponts se déclinait en formes rondes ou longues, légères et pures aussi loin qu'il pouvait voir.

Il y avait des moments comme ça, où la ville lui coupait le souffle. Où la ville donnait, sans rien demander.

Quelques minutes plus tard, sur le quai François Mauriac, il est passé devant l'immeuble flambant neuf où il était attendu. L'adresse était celle d'un cabinet conseil international. À moins d'aller au parking de l'entreprise, il n'avait aucune chance de se garer. Il a fait le tour une fois, pour le principe, puis s'est engagé dans le tunnel qui descendait au premier sous-sol. Il a expliqué au gardien qu'il était médecin et venait pour une consultation. L'homme refusait d'ouvrir. Il n'avait pas été prévenu. Seuls les visiteurs annoncés et disposant d'une place réservée à l'avance avaient accès au parking. Thibault s'est expliqué une nouvelle fois. Il n'en avait pas pour longtemps, il n'y avait aucun autre endroit où se garer à moins de cinq cents mètres. Il a pris la peine de respirer après chaque phrase pour ne pas s'énerver. Le gardien a refusé.

Alors Thibault a eu envie de sortir de la voiture, de l'empoigner par le col pour l'éjecter de sa cabine et appuyer lui-même sur le bouton. Soudain il s'est vu faire ça, très exactement : projeter l'homme au milieu de la rampe de béton.

Il a fermé les yeux, à peine une seconde, il n'a pas bougé.

Il a éteint son moteur puis a exigé que l'homme appelle son patient, lequel, par chance, s'est avéré être l'un des dirigeants de l'entreprise.

Au bout de dix minutes, alors que plusieurs voitures étaient bloquées derrière lui, l'homme a fini par ouvrir la barrière.

Thibault s'est présenté à l'accueil. L'hôtesse lui a demandé de remplir un formulaire *Visiteur* et de bien vouloir laisser sa pièce d'identité.

Comme elle était très jolie, il ne s'est pas énervé.

Comme il a remarqué qu'elle était très jolie, il s'est dit qu'il n'était pas mort.

Tandis que la jeune femme avertissait Monsieur M. que son rendez-vous était arrivé – exactement comme si Thibault était un quelconque fournisseur – il a mis son portable en mode silence. Avec un sourire poli, l'hôtesse lui a tendu un badge sur lequel était inscrit son nom.

Un homme en costume sombre l'attendait dans un bureau immense dont le mobilier design semblait venir d'être déballé. Le teint blême, les yeux cernés, l'homme s'est avancé pour lui serrer la main.

Thibault a pensé que des hommes de son âge avaient une plus sale gueule que la sienne. C'était rassurant.

— Bonjour docteur, asseyez-vous.

L'homme lui indiquait de prendre place dans un fauteuil en cuir noir, Thibault est resté debout.

— J'ai une angine très douloureuse depuis hier, il me faudrait des antibiotiques. Je supporte très bien l'Amoxicilline, ou bien le Zithromax, si vous préférez.

Des cadres débordés qui font venir les *Urgences Médicales* sur leur lieu de travail pour ne pas perdre une minute, il en voit toutes les semaines. Cela fait partie des évolutions de son métier, au même titre que l'augmentation incessante des pathologies liées au stress : lombalgies, cervicalgies, problèmes gastriques, intestinaux et autres désordres musculo-squelettiques. Il les connaît par cœur, les sur-adaptés, les performants, les compétitifs. Ceux qui ne s'arrêtent jamais. Il connaît aussi l'autre versant, le revers de la médaille, ce moment où ça lâche, où ils posent un genou à terre, ce moment où quelque chose s'insinue qu'ils n'avaient pas prévu, où quelque chose s'emballe qu'ils ne contrôlent plus, ce moment où ils passent de l'autre côté. Il en voit toutes les semaines aussi, des hommes et des femmes épuisés, dépendants des somnifères, grillés comme des ampoules, vidés comme des batteries. Des hommes et des femmes qui appellent un lundi matin, parce qu'ils ne peuvent plus.

Il sait combien la frontière entre les deux états est ténue, fragile, et qu'on bascule plus vite qu'ils ne le croient.

Il veut bien s'adapter. Faire un effort.

Il veut bien perdre dix minutes à parlementer avec un gardien obtus pour entrer dans un parking, et dix minutes de nouveau pour qu'on lui édite un badge en plastique qu'il ne portera pas.

Mais il ne supporte pas qu'on fasse l'ordonnance à sa place.

— Si vous permettez, je vais vous ausculter.

L'homme ne peut réprimer un soupir.

— Écoutez docteur, des angines, j'en ai eu un certain nombre, et ma prochaine réunion commence dans quatre minutes.

Thibault s'efforce de rester calme. Mais sa voix, il s'en rend compte, trahit son agacement.

— Monsieur, la plupart des angines sont d'origine virale. Les antibiotiques sont inutiles. Et je ne pense pas vous apprendre que l'usage abusif des antibiotiques engendre des résistances qui posent de graves problèmes de santé individuelle et publique.

— Je n'en ai rien à foutre. J'ai besoin d'être guéri dans vingt-quatre heures.

— Vous ne serez pas guéri plus vite avec un traitement inadapté.

Il n'a pu s'empêcher de hausser le ton.

La dernière fois qu'il a refusé des antibiotiques à un patient, le type a jeté sa mallette par la fenêtre.

Thibault regarde autour de lui. Ici, climatisation oblige, les fenêtres ne s'ouvrent pas.

Pourquoi cet homme lui est-il à ce point antipathique ? Pourquoi cet homme lui donne-t-il envie d'être le plus fort, d'avoir le dernier mot, pourquoi souhaite-t-il voir cet homme plier ?

Voilà à quoi il en est réduit, à dix-huit heures : un excès de testostérone, un sursaut de petit coq.

Il voudrait rentrer chez lui, s'allonger.

L'homme lui fait face, le défie.

— Combien je vous dois ?

— Trente-quatre euros.

— C'est cher payé pour une consultation de trois minutes sans ordonnance.

— Écoutez monsieur, je ne rédigerai aucune ordonnance sans vous avoir ausculté.

Monsieur M. n'a pas l'habitude de capituler. Il remplit un chèque qu'il laisse tomber sur la moquette, aux pieds de Thibault.

Sans le quitter des yeux, Thibault se baisse, le ramasse.

Tandis qu'il se dirige vers l'ascenseur, il pense : qu'il crève dans sa boîte.

Elle a cherché sur Internet les coordonnées des *Urgences Médicales*. Elle s'est dit qu'elle allait appeler avant de partir pour faire venir un médecin chez elle après dix-neuf heures.

Elle a composé le numéro. Au moment où la standardiste lui a répondu, Éric est passé devant sa porte. Mathilde a eu peur qu'il entende sa conversation depuis les toilettes. Elle a raccroché.

Elle a attendu un peu. Quand elle a composé une nouvelle fois le numéro, son portable a sonné. Elle a raccroché d'un côté, décroché de l'autre. Elle était fatiguée. Une opératrice de Bouygues Télécom voulait connaître les raisons pour lesquelles elle avait changé d'opérateur un an plus tôt. Elle ne s'en souvenait plus. L'opératrice voulait savoir jusqu'à quelle date Mathilde était engagée auprès de son nouvel opérateur et sous quelles conditions elle pourrait redevenir cliente de Bouygues Télécom. Au moment où l'opératrice s'apprêtait à lui citer différentes offres parmi lesquelles elle devait choisir celle qui lui semblait la plus attrayante, Mathilde s'est mise à pleurer.

Émilie Dupont a lu à toute vitesse sa fiche n°12 selon laquelle Bouygues Télécom remerciait Mathilde pour son aimable participation et la rappellerait pour lui soumettre de nouvelles formules à un moment plus opportun.

Il pleuvait quand Mathilde est sortie de l'immeuble, une pluie fine salie par la proximité des usines, encrassée, une pluie chargée des excrétions du monde, a-t-elle pensé, le trottoir se dérobait sous elle, par endroits, ou bien étaient-ce ses jambes qui pliaient sous le poids du renoncement. C'était un affaissement vers le sol, imperceptible, comme si son corps ne savait plus comment tenir debout. À un moment elle s'est vue s'écrouler là, sur l'asphalte, par une forme de court-circuit. Pourtant non.

La chanson lui est revenue, celle qu'ils aimaient tant, Philippe et elle, *on and on, the rain will fall, like tears from a star, on and on the rain will say, how fragile we are, how fragile we are*. Elle a pensé qu'elle était une silhouette grise parmi des millions d'autres, glissant sur le bitume, elle a pensé qu'elle était lente. Auparavant, elle aurait couru jusqu'à la gare, même sur dix centimètres de talons. Auparavant, elle aurait calculé qu'en se dépêchant elle pouvait attraper le VOVA de 18 h 40.

La brasserie était fermée, de l'extérieur on pouvait voir le comptoir lisse et vide et quelques chaises retournées sur les tables. Elle s'est demandé si Bernard n'était pas parti en vacances. Tout semblait si propre. Elle l'avait vu le matin même, et à l'heure du déjeuner, peut-être lui en avait-il parlé sans qu'elle écoute.

Au même moment, un homme est venu vers elle, il descendait de son scooter, il a enlevé son casque et l'a regardée. Il voulait l'inviter à boire un verre, ou un café, il a insisté, il a dit : s'il vous plaît. Vous êtes merveilleuse.

Soudain Mathilde a eu envie de pleurer, pleurer encore, sans aucune retenue devant cet homme pour qu'il sache que non, elle n'avait rien de merveilleux, au contraire, elle n'était qu'un déchet, une partie endommagée rejetée par l'ensemble, un résidu. Il a insisté encore, votre silhouette, vos cheveux, j'aimerais tellement vous inviter à boire un verre.

L'homme était beau, il souriait.

Elle a dit je ne suis pas très en forme en ce moment, il a répondu : justement. Cela vous ferait du bien, vous changerait les idées.

Elle continuait d'avancer et il la suivait. Il a fini par lui tendre sa carte, appelez-moi, une autre fois, quand vous voulez, je vous ai déjà vue, je sais que vous travaillez dans le coin, appelez-moi, vous avez· tous mes numéros.

Elle a glissé la carte dans sa poche, elle a fait un effort pour lui sourire, elle l'a laissé là. Il tenait son casque à la main, il l'a regardée s'éloigner.

Depuis la mort de Philippe, elle a rencontré d'autres hommes. Quelques-uns. Peut-être qu'on n'aime qu'une fois. *Cela ne se recharge pas.* Elle avait lu cette phrase dans un livre, il y a longtemps, s'y était à peine arrêtée. Une infime résonance. Mais la phrase était revenue, à chaque fois qu'elle avait fini par quitter les hommes qu'elle avait cru aimer. Depuis dix ans, elle a vécu des *histoires*, en marge de sa vie, juste au bord, à l'insu de ses enfants. Et les histoires, au fond, elle s'en fout. À chaque fois qu'il a été question de réunir les meubles et le temps, de suivre la même trajectoire, elle est partie. Elle ne peut plus. Peut-être que cette chose-là n'a eu lieu que dans l'inconscience de ses vingt ans, vivre ensemble, au même endroit, respirer le même air, chaque jour partager le même lit, la même salle de bain, peut-être que ça n'arrive qu'une fois, oui, et qu'ensuite plus rien de cet ordre n'est possible, ne peut être recommencé.

Mathilde entre dans la gare, lève les yeux vers le panneau électronique. Elle vient de rater le train. Le suivant est supprimé.

Sur l'ensemble des lignes franciliennes, la ligne D du RER détient probablement le record d'avaries techniques, de mouvements sociaux, de voyageurs fous, de litres d'urine, d'annonces incompréhensibles, d'informations erronées.

Elle va devoir attendre une demi-heure. Debout.

Elle monte les escaliers jusqu'à la voie B.

Depuis plusieurs mois, la salle d'attente a été rasée. Au sol, on distingue encore les traces de son emplacement.

La SNCF a supprimé tous les abris fermés du réseau Île-de-France pour éviter qu'ils servent de refuge aux sans-abris. C'est ce qu'on lui a dit.

Un peu plus loin sur le quai, au début de l'hiver, un genre de grille-pain géant a été installé. Ses résistances rouges, brûlantes, diffusent de la chaleur un mètre à la ronde. En période de froid, les voyageurs s'agglutinent, tendent leurs mains pour se réchauffer. En ce soir de printemps, par une sorte de conditionnement étrange, ils se rassemblent autour de l'engin pourtant éteint.

Elle vient de donner sa démission. Elle n'en éprouve ni regret ni soulagement. Peut-être une sensation de vide.

Mathilde se tient à l'écart, elle observe les gens, la fatigue sur leur visage, cet air de contrariété, cette amertume à leurs lèvres. Le FOVA est supprimé, il va falloir attendre. Il lui semble qu'elle partage avec eux quelque chose que d'autres ignorent. Presque tous les soirs, côte à côte, dans ce courant d'air géant, ils attendent des trains aux noms absurdes. Pour autant cela ne les rassemble pas, ne crée aucun lien entre eux.

Mathilde sort la carte de visite que l'homme lui a tendue tout à l'heure. Il s'appelle Sylvain Bourdin. Il est commercial. Il travaille pour la société Pest-Control. Sous le logo, en caractères italiques, la mission de l'entreprise est précisée : « *Éradication des nuisibles, cafards, blattes, ravets, cancrelats, souris, rats, pigeons. Désinsectisation, désinfection* ».

Mathilde sent le rire, à l'intérieur de son ventre, une onde. Aussitôt éteinte. Si elle n'était pas aussi fatiguée, elle rirait de bon cœur, elle rirait à gorge déployée. L'homme du 20 mai est un exterminateur professionnel qui éradique les indésirables.

Elle ne l'a pas reconnu, elle est passée à côté de lui, elle a refusé de prendre un verre, elle ne s'est pas arrêtée.

Ce n'est pas si simple. À chaque fois qu'il entre dans sa voiture, le parfum de Lila lui retourne l'estomac. Pourtant, depuis ce matin, il a laissé les fenêtres entrouvertes. Quand il se penche vers le siège passager, le parfum est plus fort encore, incrusté.

Il fera nettoyer l'intérieur de la voiture. Le week-end prochain.

Il se souvient de cette nuit où il avait retrouvé Lila chez elle, très tard, elle l'avait appelé vers minuit et lui avait demandé de venir, maintenant. À peine était-il entré, elle avait entrepris de le déshabiller, ils avaient fait l'amour sans se parler. Et puis ils s'étaient étendus sur le lit, côte à côte. Dans l'obscurité, la blancheur de son corps semblait phosphorescente. La respiration de Lila s'était apaisée, peu à peu, il avait cru qu'elle dormait. Une fois de plus, il s'était senti dépossédé, éparpillé. Seul.

Et puis, par un étrange instinct, dans le silence, il avait touché son visage. Son visage était trempé de larmes. Sur les draps il avait pris sa main.

Il ne savait pas l'aimer. Il ne savait pas la faire rire, la rendre heureuse.

Il l'aimait avec ses doutes, son désespoir, il l'aimait depuis le plus sombre de lui-même, au cœur de ses lignes de faille, dans la pulsation de ses propres blessures.

Il l'aimait avec la peur de la perdre, tout le temps.

Le message de la base évoquait des signes neurologiques légers sur une patiente âgée de trente-deux ans. L'adresse était classée en urgence moyenne.

Thibault avait un doute sur l'emplacement de la rue, il a sorti son plan de la boîte à gants. Il était dix-huit heures trente-cinq, avec un peu de chance ce serait son dernier rendez-vous. Il lui a fallu près de vingt-cinq minutes pour y parvenir. Devant l'immeuble, une livraison s'est libérée juste au moment où il arrivait.

Il a pris l'ascenseur et longé les murs de crépi d'un couloir interminable. Parmi la dizaine de portes de l'étage, il a cherché le numéro de l'appartement. Il a sonné.

La jeune femme est assise devant lui. Il observe ses jambes longues, cette façon étrange qu'elle a de se tenir sur sa chaise, d'un seul côté, ses taches de rousseur et les quelques mèches échappées de son chignon. Elle est belle, d'une beauté singulière, qui l'émeut.

Elle lui a raconté. Depuis le début.

Il y a quelques jours, alors qu'elle travaillait sur l'ordinateur, sa main a cessé de lui répondre, d'un seul coup. Sa main était posée sur la souris, ne pouvait plus la tenir et ne bougeait plus. Et puis c'est revenu. Plus tard dans la soirée, alors qu'elle travaillait toujours, un voile noir a obscurci sa vision. Pendant plusieurs secondes, elle n'a plus rien vu. Elle ne s'est pas inquiétée. Elle a mis ça sur le compte de la fatigue. Deux jours plus tard, elle a raté une marche dans l'escalier, exactement comme si son corps, une fraction de seconde, s'était déconnecté de son cerveau.

Et puis ce matin, la cafetière lui est tombée sur les pieds, sans qu'elle comprenne pourquoi, elle la tenait de la main gauche et elle l'a lâchée. Elle a appelé.

Elle n'a pas de médecin traitant, elle n'est jamais malade.

Elle se tient devant lui, les mains réunies sur la table. Elle lui demande si c'est grave. Et puis elle précise :

— Je veux savoir exactement à quoi vous pensez.

Thibault a procédé à un examen neurologique complet.

Il doit la convaincre de faire, sans tarder, des examens plus poussés. Il doit la convaincre sans l'affoler. Cette femme a trente-deux ans et elle présente les premiers symptômes d'une sclérose en plaques ou d'une tumeur au cerveau. Voilà à quoi il pense.

— C'est trop tôt pour le dire. Mais vous devez prendre ces signes très au sérieux. Comme votre état semble revenu à la normale, je ne demande pas d'hospitalisation. Mais vous devez dès demain obtenir des rendez-vous pour les examens que je vais vous prescrire. J'appellerai moi-même l'hôpital pour que vous soyez reçue le plus rapidement possible. Et si quelque chose de nouveau se produit d'ici là, il faut vous rendre aux urgences.

Elle n'insiste pas. Elle le regarde et elle sourit.

Il a envie de s'avancer vers elle, de la prendre dans ses bras. De la bercer et de lui dire de ne pas s'inquiéter.

Il a envie de caresser sa joue, ses cheveux. De lui dire qu'il est là, avec elle, qu'il ne l'abandonnera pas.

Il a vu des centaines de patients atteints de maladies graves. Il sait comment la vie bascule, à quelle vitesse, il connaît les overdoses, les crises cardiaques, les cancers foudroyants et les chiffres constants du suicide. Il sait qu'on meurt à trente ans.

Mais ce soir, face à cette femme, cela lui paraît intolérable.

Ce soir il lui semble qu'il a perdu cette pellicule de protection, cette distance invisible sans laquelle il lui est impossible d'exercer son métier. Quelque chose lui manque, lui fait défaut.

Ce soir il est nu.

Il cherche l'interrupteur du palier, il allume.

La jeune femme le salue de nouveau, le remercie. Elle referme la porte derrière lui.

Il s'assoit dans la voiture. Il n'est pas capable de démarrer.

Longtemps, en l'absence de Dieu, il a cherché dans la maladie une raison supérieure. Quelque chose qui lui donnerait un sens.

Quelque chose qui justifierait la peur, la souffrance, la chair entamée, ouverte, les heures immobiles.

Maintenant il ne cherche plus. Il sait combien la maladie est aveugle et vaine. Il connaît la fragilité universelle des corps.

Et contre ça, au fond, il ne peut rien.

Il a envie de fumer une cigarette, pour la première fois depuis longtemps. Il a envie de sentir la fumée arracher sa gorge, ses poumons, envahir son corps, l'anesthésier.

Il remarque un carton glissé sous son essuie-glace.

Il sort de la voiture, l'attrape. Se rassoit pour le lire.

« M. Salif, médium, résout en 48h vos problèmes les plus désespérés. Si votre ami(e) vous a quitté(e), il/ elle va courir derrière vous comme un chien derrière son maître. Retour rapide de l'être aimé. Affection retrouvée. Désenvoûtement. Chance. Travail. La puissance sexuelle. Réussite dans tous les domaines. Examens, permis de conduire. »

Il sent le rire, à l'intérieur de son ventre, une onde. Aussitôt éteinte. S'il n'était pas aussi fatigué, il rirait de bon cœur, il rirait à gorge déployée. Thibault jette le carton par la fenêtre. Il se moque de la ville, de sa saleté. Aujourd'hui, sans aucun scrupule, il pourrait vider dans le caniveau la totalité des papiers froissés et des emballages vides qui jonchent le sol de sa voiture depuis des semaines. Il pourrait cracher par terre, laisser le moteur tourner pendant des heures. Il s'en fout.

La base l'a appelé pour lui demander s'il pouvait se rendre au commissariat du treizième pour une garde à vue. Il s'agissait d'un mineur, les flics attendaient depuis deux heures un médecin pour le certificat médical.

Il a refusé.

Il n'a aucune envie d'aller examiner un môme de seize ans qui vient d'en planter un autre à l'arme blanche pour établir que son état est compatible avec le maintien en garde à vue dans les locaux de police.

C'est au-dessus de ses forces.

Il se souvient, au début, ce temps qu'il passait à sa fenêtre, à regarder les gens, ces heures attentives dans les cafés, quand il dînait seul, à écouter les autres, à deviner leur histoire. Il aimait la ville, cet enchevêtrement de récits, ces silhouettes multipliées à l'infini, ces visages innombrables. Il aimait l'effervescence, les destins croisés, l'addition des possibles.

Il aimait ce moment où la ville s'apaise, et le gémissement étrange de l'asphalte, à la nuit tombée, comme si la rue rendait sa violence contenue, son trop-plein d'affects.

Il lui semblait alors qu'il n'y avait rien de plus beau, de plus vertigineux que ce nombre.

Aujourd'hui il voit trois mille patients par an, il connaît leurs irritations, leur toux grasse et leur toux sèche, leurs addictions, leurs migraines et leurs insomnies. Il connaît leur solitude.

Maintenant il sait combien la ville est brutale et qu'elle fait payer le prix fort à ceux qui prétendent y survivre.

Et pourtant, pour rien au monde, il ne repartirait.

Il a quarante-trois ans. Il passe un tiers de son temps dans sa voiture à chercher une place pour se garer ou bien coincé derrière des camions de livraison. Il habite un grand deux pièces au-dessus de la place des Ternes. Il a toujours vécu seul, à l'exception d'une cohabitation de quelques mois, quand il était étudiant. Pourtant il a connu un certain nombre de femmes et certaines l'ont aimé. Il n'a pas su poser ses valises, arrêter le mouvement.

Il a quitté Lila, il l'a fait.

On ne peut pas obliger les autres à vous aimer. Voilà ce qu'il se répète à lui-même, pour asseoir son propre renoncement.

En d'autres temps, peut-être, il se serait battu.

Mais plus maintenant. Il est trop fatigué.

Il arrive un moment où le prix est devenu trop élevé. Dépasse les ressources. Où il faut sortir du jeu, accepter d'avoir perdu. Il arrive un moment où l'on ne peut pas se baisser plus bas.

Il va rentrer chez lui.

Il va prendre son courrier dans sa boîte aux lettres, monter ses cinq étages à pied, poser sa mallette dans l'entrée. Il va se servir un gin tonic et mettre un CD sur la platine.

Il va prendre la mesure exacte de ce qu'il a fait. Il va pouvoir pleurer, si tant est qu'il en soit encore capable. Se moucher à grand bruit, noyer son chagrin dans l'alcool, laisser tomber ses chaussures sur son tapis Ikéa, céder à la caricature, se vautrer dedans.

Tandis qu'une voix demandait aux voyageurs de s'écarter de la bordure du quai, le train est entré en gare au ralenti. Mathilde est montée dans le deuxième wagon afin de descendre du côté des escalators une fois arrivée à la Gare de Lyon.

Le front collé à la vitre, elle regarde défiler les immeubles qui bordent les voies, rideaux entrouverts, caleçons au vent, pots de fleurs en équilibre, tracteur d'enfant abandonné sur un balcon, ces vies minuscules, démultipliées, innombrables. Plus loin, les rails traversent la Seine, elle distingue l'hôtel chinois en forme de pagode, et la fumée des usines de Vitry.

Dans le train du retour les gens font le bilan de leur journée, ils soupirent, décompressent, se lamentent, échangent quelques indiscrétions. Lorsque l'information est vraiment confidentielle, ils se penchent l'un vers l'autre, baissent d'un ton, parfois ils rient.

Elle ferme les yeux. Elle écoute les conversations autour d'elle, elle écoute sans voir, paupières closes. Elle se souvient de ces heures qu'elle passait allongée sur la plage, quand elle était enfant, sans bouger, bercée par les cris aigus et le bruit du ressac, et ces voix sans visage, tout autour, ne laissez pas vos maillots mouillés dans le sable, Martine mets ton chapeau, reste à l'ombre, venez chercher vos sandwichs, qui a laissé la glacière ouverte.

Avant elle avait l'habitude de lire, mais depuis plusieurs semaines elle ne peut plus, les lignes se dérobent, s'emmêlent, elle ne parvient pas à se concentrer. Elle reste comme ça, les yeux fermés, elle guette le relâchement des membres, elle attend que la tension s'apaise, peu à peu.

Mais aujourd'hui non. Elle n'y arrive pas. Quelque chose résiste, au plus profond, elle le sent, quelque chose qui ne peut pas lâcher. Une forme de colère dont son corps ne parvient pas à se défaire, quelque chose à l'intérieur d'elle qui enfle au contraire.

— Tu ne la connais pas ? Pourtant, c'est une crème hyper connue dans le milieu du bronzage !

L'homme s'est esclaffé, Mathilde a ouvert les yeux. Plusieurs visages se sont tournés vers lui. Assise sur la banquette en face, la fille répond par un signe de tête, non elle ne connaît pas cette crème, si incroyable cela puisse-t-il paraître. Ils ont tous les deux le même teint hâlé, tirant sur le orange, Mathilde en conclut qu'ils doivent travailler dans un centre UV.

Cela existe. Ces gens travaillent dans le *milieu du bronzage*. D'autres dans le milieu de la nuit, de la restauration, dans le milieu de la mode ou de la télévision. Ou même de l'après-shampoing.

Dans quel milieu travaillent les croque-morts ?

Et elle, à quel milieu appartient-elle ? Au milieu des lâches, des amoindris, des démissionnaires ?

Dans le tunnel qui précède l'arrivée en Gare de Lyon, le train s'est arrêté. Les lumières se sont éteintes, puis le bruit du moteur, le silence s'est abattu d'un seul coup. Mathilde regarde autour elle, ses yeux font des efforts pour s'acclimater. Plus personne ne parle, même l'homme orange s'est tu. Les gens semblent sur leurs gardes, dans l'obscurité les pupilles brillent.

Elle est coincée au centre d'un tunnel, enfermée dans la partie basse d'un wagon à deux étages, elle respire un air moite, saturé d'oxyde de carbone, il fait trop sombre pour qu'elle puisse distinguer sur le visage des autres cette expression de confiance qui la rassurerait peut-être. Les conversations tardent à reprendre.

Soudain, il lui semble qu'ils sont réunis dans l'imminence d'un drame. Ils ont été pris au hasard, cette fois c'est leur tour. Quelque chose de grave va se passer.

Elle n'a jamais eu peur dans le RER, même tard, même lorsqu'il lui est arrivé de rentrer après vingt et une heures, quand les trains sont presque vides. Mais aujourd'hui quelque chose flotte dans l'air, oppresse sa poitrine, ou bien c'est elle qui ne va pas bien, qui perd pied.

Elle est en danger, elle le sent, un danger immense dont elle ignore s'il se situe à l'intérieur ou à l'extérieur d'elle, un danger qui lui coupe le souffle.

Dix minutes plus tard, une annonce informe les voyageurs que le train est arrêté en pleine voie. Au cas où ils ne s'en seraient pas aperçus. Le conducteur les prie de ne pas tenter d'ouvrir les portes.

La lumière se rallume.

L'homme du centre de bronzage recommence à parler. Autour de lui une onde de soulagement se propage.

Enfin, le train redémarre, salué par un « ah » général.

À *Gare de Lyon*, Mathilde descend, elle fait le même chemin que le matin en sens inverse.

À l'interconnexion, elle tente de presser le pas, de s'insérer dans le flot.

Elle ne peut pas. Cela va trop vite.

Sous terre, les règles de circulation sont inspirées du code de la route. On double par la gauche et les véhicules lents sont priés de se maintenir du côté droit.

Sous terre, on trouve deux catégories de voyageurs. Les premiers suivent leur ligne comme si elle était tendue au-dessus du vide, leur trajectoire obéit à des règles précises auxquelles ils ne dérogent jamais. En vertu d'une savante économie de temps et de moyens, leurs déplacements sont définis au mètre près. On les reconnaît à la vitesse de leur pas, leur façon d'aborder les tournants, et leur regard que rien ne peut accrocher. Les autres traînent, s'arrêtent net, se laissent porter, prennent la tangente sans préavis. L'incohérence de leur trajectoire menace l'ensemble. Ils interrompent le flot, déséquilibrent la masse. Ce sont des touristes, des handicapés, des faibles. S'ils ne se mettent pas d'eux-mêmes sur le côté, le troupeau se charge de les exclure.

Alors Mathilde reste sur la droite, collée au mur, elle se retire pour ne pas gêner.

Dans les escaliers, elle se tient à la rampe.

Soudain, elle a de nouveau envie de hurler. Hurler à s'arracher la gorge, hurler pour couvrir le bruit des pas et des conversations. Hurler si fort que le silence se fasse, que tout s'interrompe, s'immobilise. Elle voudrait hurler sortez de là, regardez ce que vous êtes devenus, ce que nous sommes devenus, regardez vos mains sales et vos visages blafards, regardez les immondes insectes que nous sommes, rampant sous la terre, répétant chaque jour les mêmes gestes sous la lumière des néons, votre corps n'est pas fait pour ça, votre corps doit être libre de ses mouvements.

Mathilde passe les portillons qui marquent l'entrée dans le métro.

Au croisement de plusieurs lignes, c'est l'anarchie. En l'absence de marquage au sol, il faut traverser le flot, tracer sa route.

Il y a ceux qui s'écartent pour éviter la collision des corps et ceux qui considèrent, en vertu d'une obscure priorité, que les autres doivent s'écarter.

Ce soir, Mathilde se dirige vers le quai, elle regarde droit devant elle, heurtée de plein fouet.

Ce soir il lui semble que toute la surface de sa peau est devenue perméable. Elle est une antenne mobile reliée à l'agressivité ambiante, une antenne flexible, pliée en deux.

S'il regardait sa montre il saurait depuis combien de temps il est là, enfermé dans sa voiture, coincé derrière un 4 × 4 aux vitres fumées. S'il regardait sa montre, il se mettrait à pleurer.

C'est bouché, bloqué, paralysé. Devant, derrière, partout.

Tout autour de lui.

De temps à autre, un concert de klaxons s'élève, recouvre le son du lecteur CD.

Aussi loin qu'il peut les distinguer, les voitures sont arrêtées. Les boutiques tirent leurs rideaux de fer, quelques immeubles commencent à s'éclairer. Aux fenêtres, des silhouettes furtives constatent l'ampleur des dégâts.

Devant lui, l'homme a coupé son moteur. Il est sorti de sa voiture, fume une cigarette.

Thibault pose son front sur le volant, quelques secondes. Il n'a jamais vu ça.

Il pourrait allumer la radio, écouter les informations, sans doute apprendrait-il la raison d'une telle paralysie.

Il s'en fout.

La ville s'est refermée sur lui comme une mâchoire.

L'homme remonte dans sa voiture, avance de quelques mètres. Thibault lève le pied de la pédale du frein, se laisse glisser.

C'est alors qu'il remarque une place, une presque place, du côté droit. Un espace vacant dans lequel il devrait pouvoir s'immiscer.

Il faut qu'il sorte de cette putain de voiture.

Il va la laisser là, descendre dans le métro. Il reviendra la chercher demain.

Il s'y reprend à plusieurs fois, braque, contre-braque, finit par s'introduire, une roue sur le trottoir. Il attrape sa mallette, son imperméable, claque la portière.

Il marche jusqu'à la station la plus proche. En bas des escaliers, il consulte le plan des lignes, détermine le trajet le plus court pour rentrer chez lui. Il achète un ticket au guichet, emprunte les escaliers jusqu'au quai.

Il s'approche des voies, pose sa mallette par terre.

Il attend debout.

En face de lui, les affiches ont cette lumière d'été. En face de lui, les affiches exhibent leurs paréos, leurs plages d'or et leurs mers turquoise.

La ville qui broie les êtres les invite à la détente.

Sur le quai Mathilde s'est arrêtée devant le distributeur de friandises, le panneau électronique annonçait la prochaine rame quatre minutes plus tard.

Elle a pensé que si elle s'asseyait, elle ne pourrait plus jamais se relever.

Elle a regardé le corps des femmes, leurs jambes interminables, lisses et bronzées, les crèmes solaires et les bouteilles d'eau minérale. Et puis les affiches se sont mêlées, confondues en une seule toile, mouvante, un kaléidoscope aux couleurs brillantes qui tournoyait autour d'elle. Elle a senti que son corps tanguait, elle a fermé les yeux.

Plus tard, à mesure que le quai se remplissait, un voile a recouvert l'ensemble de la station, un voile de tulle sombre qui réduisait l'intensité lumineuse.

Les gens se sont effacés, elle sentait leur présence, percevait leurs déplacements, mais ne distinguait plus leur visage.

Ses jambes se dérobaient sous elle, très doucement. Elle tenait la carte du *Défenseur de l'Aube d'Argent* dans la main droite, il lui a semblé qu'elle s'appuyait sur lui, qu'il la portait.

Les gens parlaient entre eux, braillaient dans des téléphones, écoutaient de la musique dans des casques non hermétiques.

Le bruit des gens s'est amplifié. Le bruit des gens est devenu insupportable.

Mathilde s'est approchée des voies pour guetter le métro, elle s'est penchée du côté gauche, elle a cherché dans l'obscurité du tunnel. Au loin, elle a cru reconnaître les deux phares de la locomotive.

Elle a buté dans quelque chose, un sac ou une valise.

L'homme a dit : putain, vous ne pouvez pas regarder devant vous.

Quand il s'est baissé pour ramasser ce qui ressemblait à une mallette de médecin, Mathilde a remarqué sa main gauche. Il n'avait que trois doigts.

Elle est passée devant lui, elle a senti le regard de l'homme suivre ses gestes, se planter dans son dos. Elle n'a pas eu le courage d'affronter ce regard, ni rien de ce qui se passait autour d'elle, son corps tout entier était occupé à tenir debout.

Le métro est entré en station, l'air chaud soulevé par la rame a caressé son visage, elle a fermé les yeux pour éviter la poussière, à peine une seconde.

Elle s'est reculée pour attendre que les portes s'ouvrent, elle a laissé descendre le flot.

Elle est montée dans un wagon au centre de la rame, s'est laissée tomber sur un strapontin. Le roulis s'est mis en marche, elle avait mal au cœur.

L'homme à la mallette était maintenant assis en face d'elle, il la regardait.

Certaines silhouettes parce qu'elles sont plus longues ou plus fragiles attirent le regard. La femme était blonde, elle portait un grand manteau noir. Il l'a tout de suite remarquée. Elle se tenait trop près du bord, instable, dans une sorte de chancellement que les gens autour d'elle ne semblaient pas percevoir, mais lui oui. Elle s'avançait vers lui, il a failli lui dire de s'écarter, elle se tenait si près.

La femme s'est pris les pieds dans sa mallette, puis elle s'est éloignée sans s'excuser. Il a dit merde ou putain, ou d'autres mots peut-être, tout aussi mesquins. Des mots qui ne lui appartenaient pas. La fatigue avait suffi à faire de lui cet être à fleur de peau, dont la violence, trop longtemps contenue, pouvait surgir à tout moment.

Quand le métro est arrivé, Thibault s'est assis en face d'elle pour continuer de l'observer. Pourquoi cette femme occupait à ce point son attention, il n'aurait pas su le dire. Ni pourquoi il avait envie de lui parler.

La femme fuyait son regard. Il lui a semblé qu'elle devenait de plus en plus pâle, elle s'est redressée pour se tenir à la barre. Une dizaine de voyageurs sont montés à la station suivante, il a fallu relever son strapontin. Il a continué de la regarder et puis il s'est dit qu'il ne pouvait pas dévisager une femme de cette manière.

Il a sorti son portable de sa poche, vérifié encore une fois qu'il n'avait pas de message.

Pendant quelques minutes il a baissé les yeux. Il a pensé à son appartement, à la chaleur de l'alcool qui envahirait bientôt ses membres, au bain qu'il ferait couler un peu plus tard dans la soirée. Il a pensé qu'il ne pouvait plus faire marche arrière. Il avait quitté Lila. Il l'avait fait.

Et puis de nouveau il a cherché cette femme, au-delà des corps amassés, ses yeux fébriles, ses cheveux blonds. Cette fois, il a rencontré son regard. Après quelques secondes il lui a semblé que le visage de cette femme se modifiait, de manière imperceptible, même si rien n'avait bougé, rien du tout, se modifiait dans une forme d'étonnement ou d'abandon, il n'aurait pas su dire.

Il lui a semblé que cette femme et lui partageaient le même épuisement, une absence à soi-même qui projetait le corps vers le sol. Il lui a semblé que cette femme et lui partageaient beaucoup de choses. C'était absurde et puéril, il a baissé les yeux.

Quand les portes se sont de nouveau ouvertes, la plupart des voyageurs sont descendus. Dans la foule compacte, il a cherché sa silhouette.

Le métro est reparti, la femme avait disparu.

Pendant quelques minutes, il a fermé les yeux.

La rame a ralenti de nouveau, Thibault s'est levé. Par terre, quelque chose brillait. Il a ramassé une carte à jouer au nom étrange, l'a tenue quelques secondes dans sa main.

Les portes se sont ouvertes, il est descendu du métro. Il a jeté la carte dans la première poubelle venue, puis s'est engagé dans les escaliers pour emprunter les couloirs de correspondance.

Emporté par le flot dense et désordonné, il a pensé que la ville toujours imposerait sa cadence, son empressement et ses heures d'affluence, qu'elle continuerait d'ignorer ces millions de trajectoires solitaires, à l'intersection desquelles il n'y a rien, rien d'autre que le vide ou bien une étincelle, aussitôt dissipée.

REMERCIEMENTS

À Karina Hocine, pour sa confiance.

À Laurent Chaine, Dominique Copin, Lorette Pierret, Simone Radenne, Albert Servadio, Thierry Verrier.

Delphine de Vigan
dans Le Livre de Poche

Les Jolis Garçons   n° 31666

Trois textes, qui sont trois moments de la vie d'Emma,
jeune femme intellectuellement amoureuse de l'amour,
et qui correspondent chacun à un homme : Marc Ste-
venson, avocat célèbre et lisse, désincarné ; Ethan
Castor, écrivain, marié, charmeur et sombre ; Milan
Mikaev, animateur de télévision égocentrique et désar-
mant d'irresponsabilité narcissique.

No et moi   n° 31277

Lou Bertignac rêve d'amour, observe les gens, collec-
tionne les mots, multiplie les expériences domestiques
et les théories fantaisistes. Jusqu'au jour où elle rencontre No, à peine plus âgée qu'elle. No, ses vêtements
sales, son visage fatigué, No dont la solitude et l'errance
questionnent le monde. Pour la sauver, Lou se lance
alors dans une expérience de grande envergure menée
contre le destin.

Rien ne s'oppose à la nuit   n° 32835

Ma famille incarne ce que la joie a de plus bruyant, de
plus spectaculaire, l'écho inlassable des morts, et le
retentissement du désastre. Aujourd'hui je sais aussi
qu'elle illustre, comme tant d'autres familles, le pouvoir de destruction du verbe, et celui du silence.

Du même auteur :

Jours sans faim, Grasset, 2001. J'ai lu, 2009.
Les jolis Garçons, nouvelles, Lattès, 2005.
Un soir de décembre, Lattès, 2005. Points Seuil, 2007.
No et moi, Lattès, 2007. Le Livre de Poche, 2009.
Les Heures souterraines, Lattès, 2009. Le Livre de
    Poche, 2011.
Rien ne s'oppose à la nuit, Lattès, 2011. Le Livre de
    Poche, 2013.
D'après une histoire vraie, Lattès, 2015.

Ouvrages collectifs
« Cœur ouvert », in *Sous le manteau* (nouvelles),
    Flammarion, 2008.
« Mes jambes coupées », in *Mots pour maux* (nou-
    velles), Gallimard, 2008.

Le Livre de Poche s'engage pour
l'environnement en réduisant
l'empreinte carbone de ses livres.
Celle de cet exemplaire est de :

300 g éq. CO$_2$

Rendez-vous sur
www.livredepoche-durable.fr

PAPIER À BASE DE
FIBRES CERTIFIÉES

Composition réalisée par IGS-CP

Achevé d'imprimer en juillet 2016 à Barcelone par
CPI BLACK PRINT
Dépôt légal 1re publication : mars 2011
Édition 12 - juillet 2016
LIBRAIRIE GÉNÉRALE FRANÇAISE – 31, rue de Fleurus – 75278 Paris Cedex 06

31/3421/0